채널마스터

CHANNEL MASTER

채널마스터 5
CHANNEL MASTER

한태민 현대 판타지 장편소설

초판 1쇄 찍은 날 | 2018년 4월 20일
초판 1쇄 펴낸 날 | 2018년 4월 27일

지은이 | 한태민
펴낸이 | 예경원

기획 | 위시북스
편집책임 | 이규재
편집 | 이즈플러스

펴낸곳 | 예원북스
등록번호 | 제396-2012-000132호
등록일자 | 2012. 7. 25
KFN | 제1-248호

주소 | 경기도 고양시 일산동구 호수로 646-24 위너스21 II 빌딩 206A호 (우)10401
전화 | 031-819-9431 팩스 | 031-817-9432
E-mail | yewonbooks@naver.com

ⓒ한태민, 2018

ISBN 979-11-6098-910-6 04810
      979-11-6098-760-7 (set)

채널마스터

5 CHANNEL MASTER

WISHBOOKS MODERN FANTASY STORY

한태민 현대 판타지 장편소설

채널마스터
CHANNEL MASTER

CONTENTS

CHAPTER
1

　본격적으로 「쉐프의 비법」 촬영이 시작됐다.

　우선 첫 번째는 한수와 윤환이 근처 마트에서 장을 봐오는 것이었다.

　두 사람은 마이크를 차고 장바구니 하나씩을 든 채 OBC 마크가 붙은 밴에 올라탔다. 그리고 그들은 킨텍스 주변에 있는 대형 마트로 향했다.

　마트에는 적지 않은 인파가 장을 보고 있었다.

　그 와중에 윤환과 한수가 마트에 들어오자 시선이 집중됐다. 촬영팀이 따라붙었다.

　확실히 한류스타 윤환의 위엄은 대단했다.

　남녀노소 가릴 것 없이 휴대폰을 들고 윤환을 촬영하기에 바빴다.

"오빠!"

"촬영 중인가 봐."

"혹시「쉐프의 비법」촬영 중인 건가?"

웅성거림이 곳곳에서 일었다.

그러나 아직까지 한수의 인지도는 썩 높은 편이 아니었다.

그를 촬영하는 사람은 소수였다.

그러는 사이 윤환과 한수가 나뉜 채 장바구니에 필요로 하는 요리 재료를 담기 시작했다.

한수가 제일 먼저 담기 시작한 건 손질된 닭고기와 소고기였다. 값비싼 국내산 한우 등심이 장바구니에 담기자 촬영장에서 그것을 보던 쉐프들이 감탄을 토해냈다.

"오늘 제대로 준비하고 왔는데요?"

장바구니에 담긴 식재료 비용은 온전히 제작진이 감당해야 하는 몫이다.

기존에는 이 식재료 비용에 제한이 걸려 있었지만 이번 촬영은 특집으로 준비된 만큼 그 비용에 제한이 없었다.

3팀장이 제작진에게 요구한 조건 중 하나이기도 했다.

이왕 촬영하기로 한 거 고급 재료로 만든 요리를 마음껏 먹게 해주고자 함이었다. 그렇게 두 사람은 마트를 돌며 온갖 식재료를 쓸어 담았다.

그것을 보는 제작진의 표정은 조금씩 굳었다. 장바구니에 비싼 재료가 쌓이면 쌓일수록 막내 작가는 이 경비를 어떻게 처리해야 할지 난감해하고 있었다.

그렇게 사람들의 환호를 뒤로 한 채 두 사람이 카운터로 향했다.

계산이 시작됐다. 마트 캐셔가 바코드를 찍는 동안 윤환은 틈틈이 자신을 향해 달려드는 팬들에게 사인을 해줘야 했다. 그리고 액수가 떴다.

윤환이 27만 원, 한수는 34만 원.

쉐프들이 그것을 보며 낄낄거렸다. 기존에는 장바구니 속 액수 제한이 최대 10만 원이었다. 그러나 오늘은 그것을 두 배에서 세 배 넘게 초과했다.

잔뜩 구겨진 제작진들 얼굴을 보는 맛이 쏠쏠했다.

그렇게 두 사람이 돌아왔다. 장바구니를 조리대 위에 올려놓고 자리에 앉은 다음 스튜디오 촬영이 이어졌다.

벌써 4년째 「쉐프의 비법」 MC를 보고 있는 윤준석이 진행을 시작했다.

"오늘은 「쉐프의 비법」 4년 맞이 특집입니다. 그래서 스튜디오에 특별한 손님을 두 분 모셨습니다. 인사 부탁드립니다."

"안녕하세요. 「쉐프의 비법」 시청자 여러분. 두 번째 뵙게 되네요. 가수 윤환입니다."

윤환이 고개를 꾸벅 숙였다.

윤환은 늘 자신을 소개할 때면 가수로 했다.

그는 영화에서 몇 차례 성공을 거둔 적이 있는 배우였고 예능 프로그램에서 꾸준히 섭외가 들어올 만큼 기본 이상의 재미는 만들어냈다. 그러나 그의 본질은 가수였다. 그리고 그를 한류스타로 만들어준 것도 노래였다.

메인 카메라가 이번에는 한수를 비췄다. 한수도 고개를 꾸벅 숙이며 말했다.

"처음 인사드립니다. 강한수라고 합니다."

또 다른 MC 안용식이 대본에 적힌 대로 말을 이어갔다.

"시청자 여러분께서 다들 궁금해하셨을 텐데요. 그래서 이번 4주년 특집에 특별히 그분을 모셨습니다. 바로 강한수 씨인데요. 강한수 씨, 지난주 방송에서 배우 장희연 씨가 강한수 씨를 극찬하셨어요. 알고 계신가요?"

원래는 모르고 있는 게 맞다.

아직 장희연과 김서현이 출연한 편은 방송을 타지 않았기 때문이다. 그러나 시청자들이 보기에 한수는 이미 그 사실을 알고 있어야 한다. 한수는 장희연과 김서현 다음으로 출연했기 때문이다.

대본에도 그런 내용이 적혀 있었다.

한수가 웃으며 입을 열었다.

"예, 기사를 보고 알았습니다. 그렇게 대단한 재주는 아닌데 극찬해 주셔서 정말 감사합니다."

"장희연 씨는 강한수 씨 요리가 김경준 쉐프님의 요리와 똑같은 요리에, 똑같은 맛이 났다고 하며 연거푸 놀래셨는데요. 그래서 지난주에 김경준 쉐프님이 장혁수 쉐프님을 꺾고 별을 획득하실 수 있었거든요. 그에 대해 어떻게 생각하세요?"

"장희연 씨는 원래 미식가로 엄청 유명하시잖아요. 그분께서 그렇게 좋은 평가를 해주셨다니까 저로서도 대단히 영광이네요. 저는 쉐프가 아닌데 그렇게 극찬해 주셔서 부담스럽기도 하고요."

"음, 사실 이번 특집은 장희연 씨의 말이 사실인지 아닌지 알아보기 위해서 마련한 것이기도 하거든요. 윤환 씨는 어떻게 생각하시죠?"

"한수 요리는 진짜 특별합니다. 제가 요즘 한수하고 함께 촬영하고 있는데요. 매 끼니 한수가 요리를 만들어주는데 진짜 여러분을 모셔서 한번 대접해 드리고 싶을 정도입니다."

"음, 정말 기대가 되네요."

"사실 그래서 오늘 특집인 만큼 강한수 씨의 요리 실력이 얼마나 뛰어난지 한번 알아보는 자리를 가지려 합니다. 강한수 씨가 요리하고 저희가 먹어보고 어떤지 평가하는 건데요. 한수 씨, 괜찮으시죠?"

한수가 김경준 쉐프를 바라봤다. 그가 고개를 끄덕여 보였다. 한수는 카메라를 보며 대답했다.

"예, 괜찮습니다. 오히려 저야말로 여기 계신 쉐프분들이 제 요리를 먹고 어떤 평가를 해주실지 정말 궁금합니다. 먹고 실망만 하지 않으셨으면 좋겠습니다."

"그럼 일단 한수 씨부터 확인해 보도록 하겠습니다. 안 MC, 한번 나가주시죠."

"예, 제가 한번 나가보겠습니다."

안용식이 MC석에서 일어나 조리대로 향했다.

그리고 그는 그 위에 놓여 있는 한수의 장바구니를 꼼꼼히 확인하기 시작했다.

"일단 값비싼 한우가 보이고요. 닭고기도 있네요. 아무래도 이 두 고기가 메인 재료 같아 보이고요. 그것 말고도 채소가 많네요."

"음, 장바구니 속 재료만 보면 메인은 소고기와 닭고기가 될 거 같은데요. 한수 씨가 희망하는 첫 번째 주제는 뭡니까?"

"첫 번째 주제는 세계에서 가장 맛있는 스테이크 요리입니다."

한수가 웃으며 말을 꺼냈다.

MC 윤준석이 눈을 휘둥그레 뜨며 물었다.

"세계에서 가장 맛있는 스테이크요? 그런 스테이크는 어떤 맛이어야 할까요?"

"그건 쉐프님들께서 답 해주시지 않을까요?"

"음, 일단 기대가 됩니다. 그럼 어떤 분이 이 요리를……."

그때 쉐프 세 명이 재빠르게 손을 번쩍 들어 올렸다.

두 명은 김경준 쉐프와 장혁수 쉐프였고 나머지 한 명은 최형진 쉐프였다.

"음, 모두 세 분이 지원하셨는데요. 한수 씨가 두 분을 호명해 주시겠어요?"

한수가 세 명의 쉐프를 바라봤다. 이 중에서 김경준 쉐프는 프랑스 유학파 출신으로 르 꼬르동 블루를 수석으로 졸업한 최고의 쉐프 중 한 명이다.

장혁수 쉐프는 자연주의 쉐프로 최대한 재료의 맛을 살려 내는 것으로 유명하며 미국 유학파 출신이다. 최형진 쉐프는 고졸 출신의 국내파 쉐프로 분자요리의 강자이기도 하다.

셋 다 각자의 강점을 갖고 있는 쉐프다.

한수가 두 명을 선택했다.

"저는 김경준 쉐프님과 최형진 쉐프님을 고르겠습니다."

장혁수 쉐프가 아쉬운 표정을 지었다. 그러나 쉐프가 두 명 이상 지원할 경우 그 쉐프를 고를 자격은 출연자에게 있기 때문에 어쩔 수 없는 일이었다. 그리고 김경준 쉐프와 최형진 쉐프가 각각 조리대에 서서 본격적으로 요리를 시작했다.

한수는 자리에 앉아 두 사람이 요리하는 장면을 바라봤다. 현장에서만 느껴지는 포스 같은 게 있었다. 텔레비전으로는 절대 볼 수 없는 그런 것이었다.

그렇게 순식간에 15분이 지났고 두 사람이 요리를 막바지에 완성해냈다.

김경준 쉐프가 제일 먼저 요리를 내왔다. 그가 만든 건 미디움 레어로 구운 스테이크였다. 가니쉬로는 아스파라거스와 메쉬드 포테이토를 내놓았다.

최형진 쉐프도 미디움 굽기의 스테이크를 내놓았다. 다만 그는 가니쉬로 각종 채소를 알맞게 그릴드 한 다음 바질은 파우더화해서 크런치 느낌을 냈고 동시에 모든 채소를 알알이 구슬로 표현해냈다.

분자요리의 강자답게 가니쉬를 분자요리로 만들어 낸 것이었다.

한수는 먹음직스러운 두 요리를 차례차례 맛보기 시작했다. 그리고 그는 최형진 쉐프의 요리를 맛보며 감탄을 흘렸다.

「퀴진 TV」에서 그가 하는 요리를 몇 번 보긴 했지만 이렇게 실제로 맛을 보게 되니 느낌이 남달랐다. 확실히 그의 요리에서는 사람의 마음을 잡아끄는 그런 특유의 맛이 있었다.

한수는 고민 끝에 선택을 내렸다. 그가 고른 건 최형진 쉐프였다. 김경준 쉐프는 기본에 충실했고 최고의 요리를 만들어냈지만, 충분히 예상 가능한 맛이었다.

반면에 최형진 쉐프의 요리는 기대했던 것 이상이었다. 특히 그가 심혈을 기울여 다듬은 분자요리는 생각지도 못한 맛이었다.

한수의 선택에 김경준 쉐프가 아쉬움을 드러냈다. 반면에 최형진 쉐프는 특유의 썩소를 날리며 기분 좋은 듯 웃음을 흘렸다.

한수가 어색하게 웃었다. 그가 이런 선택을 내리게 된 건 어디까지나 김경준 쉐프의 요리를 최형진 쉐프의 요리보다 더 자세하게 알고 있기 때문이었다.

만약 「퀴진 TV」에 최형진 쉐프가 더 자주 나왔다면 그는 김경준 쉐프의 요리를 선택했을지도 몰랐다.

애초에 두 사람 요리는 한수의 기대치가 서로 달랐다. 그 이후 두 번째 요리 대결이 이어졌다. 그렇게 네 명의 쉐프가 요리 대결을 했고 두 명의 쉐프가 승리를 거머쥐었다.

그런 다음 이번에는 남은 쉐프 네 명이 윤환이 희망하는 주제를 놓고 요리 대결을 벌이기 시작했다. 괜히 촬영 시간이 열시간 넘게 걸리는 게 아니었다.

오전 열 시부터 시작되었던 촬영은 오후 여섯 시가 되어서야 조금씩 그 끝을 보이기 시작했다. 그렇게 쉐프 여덟 명의 요리 대결이 끝이 난 다음 비로소 진짜 메인 이벤트가 열렸다.

바로 한수가 어떤 요리를 만들어내느냐 하는 것이었다. 쉐프 일곱 명은 자리에 앉아서 한수를 빤히 쳐다보고 있었다.

그가 어떤 칼질을 하고 어떤 손놀림을 보여주며 어떻게 요리를 만들어낼지 적잖게 기대하고 있었다. 그러나 유일하게 부담스러운 얼굴로 한수를 바라보는 사람이 한 명 있었다.

그는 쉐프 8인 군단에 포함은 되어 있지만 쉐프가 아닌 만화가 김형석이었다.

김형석은 걱정스러운 얼굴로 한수를 쳐다봤다.

아까 전 제작진들이 농담 섞어 한 말이 떠올랐다. 만약 여기서 진짜 한수가 엄청나게 맛있는 요리를 만들어낸다면 김형석을 대신해서 한수가 새롭게 쉐프 군단에 투입되어야 하는 게 아니냐고 그런 말을 했었다.

물론 그들은 소스라치게 기겁하는 김형석을 보며 뒤늦게 농담이라고 둘러대긴 했지만, 김형석 입장에서는 여간 신경 쓰이는 일이 아니었다.

그렇게 기대에 찬 눈빛으로 자신을 보는 일곱 명과 부담스럽게 쳐다보는 한 명, 그밖에 윤환과 제작진들, 여전히 자신에게 미안해하는 3팀장까지.

그들을 둘러보던 한수가 날이 잘 서 있는 칼을 쥐어 들었다. 그들이 한목소리로 요구한 요리는 하나였다.

김경준 쉐프의 시그니처 요리인 「쁘띠 수비드 꼬숑」이었다.

과연 장희연이 한 말처럼 그가 김경준 쉐프와 똑같은 맛의 쁘띠 수비드 꼬숑을 만들어낼 수 있을지 궁금해하고 있었다. 그리고 호각소리와 함께 전광판에 15:00이 떴고 동시에 한수의 요리가 시작됐다.

　수비드(Sous−vide)는 프랑스어로 진공포장이라는 뜻을 갖고 있다. 밀폐된 비닐봉지에 담긴 음식물을 정확히 계산된 중·고온의 물로 가열하는 조리법이다.

　보통 수비드 기법으로 조리하려면 완전 밀폐와 가열처리가 가능한 위생 비닐이 필요하다. 그렇게 위생 비닐 속에 조리하고자 하는 재료를 넣은 다음 진공 포장한 후 정확한 물의 온도를 유지한 채 많게는 72시간 동안 음식물을 데우게 된다.

　수비드 조리법은 다른 요리법과 달리 재료 본연의 맛을 최대한 끌어낼 수 있다는 점과 최상의 질감, 향, 영양분 등을 모두 지켜낼 수 있다는 점에서 혁신적인 조리법으로 평가받고 있었다.

　수비드 조리법은 2013년 유럽에서 각광받기 시작했고 그 이후 국내에도 알려졌다. 요리와 과학이 접목되어 있는 점에서 분자요리와 비슷하다고 할 수 있다.

그런 만큼 분자요리의 강자인 최형진 쉐프도 예전에 한 차례 「쉐프의 비법」에서 수비드 스테이크를 선보인 적이 있었다.

그러나 최형진 쉐프가 과거 「쉐프의 비법」에서 수비드 스테이크를 만들었을 때 처음부터 진공포장을 해서 15분 동안 수비드 기법으로 만드는 것처럼 조리하긴 했다.

하지만 그건 연출이었다.

실제로 수비드 기법으로 수비드 스테이크를 15분 안에 만드는 건 현실적으로 불가능했다.

15분 동안 수비드를 해봤자 고기가 익지 않을 게 뻔하기 때문이다. 방송은 연출이다. 한수가 요리해야 할 삼겹살은 꽤 오래전부터 수비드 기계에서 익어가고 있었다.

누구는 15분 안에 요리해야 하는 게 아니냐고 반박할 수 있지만 그랬다가는 익지 않은 고기를 먹어야 할지도 몰랐다. 또 밑 준비는 어느 레스토랑이든 미리 해두기 마련이었다.

그건 「쉐프의 비법」이라고 해서 다르지 않았다.

한수는 수비드 기계에서 잘 익은 삼겹살을 꺼냈다. 그런 다음 시즈닝을 시작했다. 그 이후 그는 프라이팬에 오일을 두른 다음 뜨겁게 달궈진 팬에 삼겹살을 올린 다음 앞뒤로 살짝 구워냈다.

그런 다음 한편으로는 수비드 꼬숑 위에 올릴 블루베리와 비에르주 오일을 이용한 소스를 준비했다.

가만히 한수가 요리하는 모습을 지켜보던 김경준 쉐프가 점점 눈매를 좁혔다. 김경준 쉐프를 쳐다보던 최형진 쉐프가 조심스레 입을 열었다.

"어때요? 진짜 쉐프님이 만든 요리하고 비슷해요?"

"……비슷하다 못해 똑같은데요?"

"예? 정말요?"

"예, 사실 오기 전 제작진한테 슬쩍 물어봤어요. 최형진 쉐프님이야 이 분야는 워낙 잘 아시니까 당연한 말이지만 수비드는 온도하고 시간이 관건이잖아요."

"그렇죠. 그게 가장 중요하죠. 그게 가게의 영업비밀이기도 하고요."

수비드에서 맛의 차이를 결정짓는 건 수비드하는 시간과 온도다. 왜냐하면, 육류의 종류와 부위에 따라 수비드해야 하는 시간 및 온도가 각각 달라지기 때문이다. 그렇다 보니 이건 절대 밝힐 수 없는 영업비밀로 수비드하는 가게마다 그 맛을 조금씩 차이 나게 하고는 한다.

"그런데 허, 산업 스파이라도 왔다 간 건가 싶을 정도야."

"그 정도로 똑같습니까?"

"그래. 한 치의 오차도 없이 똑같아. 만약 저 한수라는 청년이 나하고 똑같이 닮았더라면 도플갱어를 보는 줄 알았을 거야."

"……놀랍군요. 그러면 맛도 똑같다고 봐야 할까요?"

"조리법이 같고 모든 게 같은데 당연히 똑같다고 봐야겠지. 왜 장희연 씨가 그렇게 말했는지 이해가 되는군."

김경준 쉐프는 지난번 촬영을 생각했다.

김경준 쉐프와 장혁수 쉐프가 15분 동안 조리한 뒤 실제로 요리를 내놓았을 때 그 요리를 먹고 난 뒤 희연이 보인 반응은 대단히 이질적이었다. 특히 김경준 쉐프가 만든 요리를 먹고 나서 그녀는 몇 차례고, 의아한 얼굴로 다시 그 요리를 곱씹곤 그랬다.

그때만 해도 '왜 그러는지, 혹시 맛이 이상한 건지'라고 생각했는데 지금 와서 보니 그때 그 행동이 납득이 가는 것이었다.

그렇게 한수는 빈틈없이 요리를 마무리했다.

수비드한 삼겹살 위에 블루베리를 올렸고 비에르주 오일을 이용한 소스를 곁들었다. 그런 다음 가니쉬로 한수가 만든 건 불에 살짝 그을린 아스파라거스를 베이컨으로 감싼 것이었다.

그렇게 한수가 만든 요리가 쉐프들 앞에 놓였다.

두 MC는 먹음직스럽게 잘린 수비드된 삼겹살(수비드 꼬숑)과 가니쉬로 놓인 아스파라거스, 그리고 삼겹살 위에 잼처럼 뿌려진 블루베리를 바라봤다.

조금 전 한수가 만든 요리다. 그런데 한수는 쉐프가 아닌 일반인이다. 평범한 일반인이 이런 요리를 만든다는 게 가능할까?

만화가 김형석도 4년째 「쉐프의 비법」에 나와 요리를 하고 있지만 데코레이션만큼은 여전히 아마추어 티를 벗지 못하고 있다. 그러나 한수가 만들어낸 건 쉐프가 만들었다고 해도 과언이 아닐 만큼 눈부시게 빛나고 있었다.

젓가락을 가져가서 저 형태를 무너뜨리는 게 죄악처럼 느껴질 정도였다.

그때 한수가 웃으며 입을 열었다.

"부족한 재주이지만 한번 솜씨를 부려봤습니다. 한번 드셔 보세요."

김경준 쉐프가 심호흡을 한 다음 한입에 넣기 좋은 크기로 자른 훈제 삼겹살 한 덩이를 집어 들었다. 그때 옆에서 김경준 쉐프를 바라보던 최형진 쉐프가 조심스럽게 물었다.

"저 가니쉬는 쉐프님 레스토랑에서는 안 쓰는 거 아닌가요?"

"맞아요, 그래서 저도 조금 의문이긴 한데, 일단 먹어보면 알겠죠?"

"그렇죠, 저도 한번 먹어 봐야겠습니다. 과연 어떤 맛일지,

정말 궁금하네요."

최형진 쉐프도 호기심을 이기지 못하고 젓가락을 가져갔다. 그렇게 여덟 명의 쉐프와 두 명의 MC 그리고 한 명의 게스트 윤환은 열두 덩이로 잘라낸 훈제 삼겹살을 재빠르게 한 덩이씩 젓가락으로 집었다.

그렇게 한수가 만들어낸 요리는 달랑 한 덩이만 남긴 채 순식간에 접시에서 자취를 감췄다. 그건 한수가 내놓은 가니쉬도 마찬가지였다.

카메라가 쉐프들하고 MC들의 얼굴을 카메라로 잡았다.

그들이 어떤 반응을 보일지. 그게 오늘 특집편의 하이라이트가 되어줄 터였다.

그들은 말없이 훈제된 삼겹살을 입에 넣고 오물거렸다.

세트장 안은 조용했다. 누군가 음소거를 해둔 것처럼 그 작은 숨소리 하나 마이크를 통해 흘러나오지 않고 있었다.

카메라를 통해 화면을 지켜보던 양 피디가 일어서서 세트장을 둘러봤다. 누구 하나 말을 꺼내려 하지 않고 있었다.

작가 한 명이 태블릿PC에 「말 좀 하세요!」라고 적어서 흔들고 있었지만 소용없었다. 그들은 뭐에 홀린 것처럼 훈제 삼겹살을 먹은 뒤 이번에는 가니쉬로 내놓은 베이컨으로 묶은 아스파라거스를 입에 넣고 있었다.

침묵이 계속해서 오고 가는 가운데 양 피디가 입술을 깨물었다. 그는 본능적으로 느끼고 있었다.

바로 이곳에서 무언가 일이 터지려 하고 있었다.

아마 편집되고 난 다음 이 방송을 보게 될 시청자들은 무슨 일이 일어나고 있는지 전혀 짐작도 못 할 게 분명했다. 카메라를 통해 잡히지 않는 무언가가 여기 있었다.

그것은 희열이었다.

4년째 「쉐프의 비법」을 촬영했고 진짜 사람의 영혼을 흔들어놓을 만큼 맛있는 요리도 먹어본 적 있는 양 피디는 지금 그 감정을 이 자리에서 느끼고 있었다.

쉐프들이 이렇게 말을 못 하는 이유는 하나였다. 그들의 혀는 다른 사람들보다 훨씬 더 예민하다. 그렇다 보니 자그마한 자극에도 일반인보다 민감하게 반응할 수밖에 없다.

그것 때문이었다.

이들이 이렇게 침묵하고 있는 건 그 정도로 저 요리가 어마어마하다는 의미다. 양 피디는 세트장에 딱 하나 남은 훈제 삼겹살 조각을 바라봤다.

침샘이 솟구쳤다.

"꿀썩-"

양 피디가 삼킨 침 소리가 조용하던 세트장을 뒤흔들었다. 음향 감독이 인상을 구긴 채 양 피디를 노려봤다.

'뭐 하는 짓이야!'

그가 입 모양으로 양 피디를 향해 소리 없이 소리쳤다. 그때 양 피디는 뭐에 홀린 사람처럼 세트장 안으로 들어갔다. 카메라 감독이 당황한 얼굴로 양 피디를 바라봤다.

놀란 건 메인 작가도 마찬가지였다. 아직 녹화가 한창이었다. 그런데 양 피디가 지금 그 녹화 중인 세트장에 난입하고 있었다.

이건 챔피언스리그 결승전에서 한 선수가 페널티킥을 얻어내고 그 페널티킥을 차려 할 때 관중이 난입해서 공을 대신 차버린 것만큼 심각한 사안이었다.

조연출이 다급히 양 피디를 붙잡으려 했지만, 한발 늦은 뒤였다. 양 피디는 말없이 세트장에 들어가서 한수가 만든 요리를 젓가락을 이용해서 집어먹었다. 그리고 다시 그는 세트장을 빠져나왔다.

메인 작가는 물론 카메라 감독을 포함한 제작진들이 양 피디를 쳐다보며 속닥였다.

"감독님! 지금 뭐하시는 거예요?"

"야, 너 촬영 중에 뭐 하는 짓이야?"

"……."

그들이 심각한 얼굴로 물어보고 있었는데도 양 피디는 조금 전 입에 넣은 그 훈제 삼겹살을 말없이 씹고 있었다. 그때 뒤늦게 MC 윤준석이 깊게 숨을 내쉬며 입을 열었다.

"이, 이건……."

옆에 앉아 있던 안용식도 믿을 수 없다는 얼굴로 자신 앞에 놓여 있는 접시를 내려다봤다. 그 접시는 소스 한 방울도 없이 새하얗게 비워진 상태였다.

다른 쉐프들도 비슷했다. 그들도 소스 한 방울 남기지 않고 몽땅 먹어버린 것이었다. 쉐프들이 가볍게 탄성을 냈다.

"이건 진짜 완벽하네요."

"진짜…… 놀랍습니다."

그때 MC 윤준석이 김경준 쉐프를 쳐다보며 물었다.

"김경준 쉐프님 표정이 귀신 들린 것 같은데요. 괜찮으십니까?"

다른 쉐프들도 다들 당황한 기색이 역력했지만 가장 심각한 얼굴을 하고 있는 건 다름 아닌 김경준 쉐프였다.

그는 믿을 수 없다는 얼굴로 심각한 표정을 지은 채 고민에 잠겨 있었다. 한참을 고민하던 김경준 쉐프가 여전히 조리대 앞에 서 있는 한수를 바라보며 물었다.

"강한수 씨, 미안한데 뭐 하나 여쭤봐도 되겠습니까?"

"예, 뭐든 물어보셔도 됩니다."

"이 수비드 꼬숑 말입니다. 어떻게 만든 겁니까?"

수비드 꼬숑을 만드는 방법?

적당한 두께로 썬 삼겹살을 밀폐된 비닐봉지에 겹치지 않게 넣은 다음 진공 장치로 공기를 빼내고 수비드 기계에 넣은 다음 저온에 조리하다가 그것을 빼낸 다음 오일을 두르고 달 궈진 프라이팬에 조리한다.

그러나 김경준 쉐프가 묻고 있는 질문은 이런 게 아닐 가능성이 농후했다.

그가 진짜 묻고 싶은 질문은 단 두 가지.

수비드하는 시간과 온도.

어떻게 그 시간과 온도를 정확하게 알아냈는지 그것을 묻고 싶은 것일 터. 그러나 한수가 할 수 있는 대답은 한정되어 있었다.

텔레비전을 보고 당신의 지식과 경험을 알아냈고 그 방식대로 만든 것뿐이다.

이렇게 말을 하면 그가 납득할까? 오히려 자신을 갖고 농담하는 거냐고 화를 낼 게 뻔하다.

"만들다 보니 그렇게 되었습니다."

"……."

김경준 쉐프는 어처구니없는 얼굴로 한수를 쳐다봤다. 그러고는 혼잣말로 중얼거렸다.

"……천재인가."

그때 안용식 MC가 쉐프들을 돌아보며 물었다.

"다들 어떻게 보십니까? 지난주에 장희연 씨가 말한 것처럼 김경준 쉐프님의 수비드 꼬숑하고 똑같은 맛입니까?"

민감한 질문이다.

그러나 안용식 MC가 그걸 신경 쓸 리가 없었다. 쉐프들이 미간을 좁혔다. 고민 끝에 최형진 쉐프가 입을 열었다.

"저는……."

쉐프들의 눈이 그에게 쏠렸다.

여기서 최형진 쉐프는 김경준 쉐프 못지않은 프랑스 요리의 대가일 뿐만 아니라 분자요리의 강자이기도 하다. 그렇다보니 수비드 꼬숑 같은 분자요리는 최형진 쉐프가 김경준 쉐프보다 더 맛있게 조리하는 것도 가능하다.

그런 만큼 최형진 쉐프의 평가가 더 절대적인 권위를 가지는 것도 사실이다. 그리고 최형진 쉐프가 주저 없이 말했다.

"저는 장희연 씨의 의견과 조금 다릅니다."

안용식이 의아한 얼굴로 물었다. 두 사람이 만든 수비드 꼬숑의 맛이 서로 다르다는 의미인 걸까?

"예? 어떻게 다르신 거죠?"

"저는 강한수 씨가 만든 수비드 꼬숑이 더 맛있었습니다."

"예? 어……."

MC 윤준석이 다급한 표정으로 김경준 쉐프를 쳐다보며 물었다.

"당사자인 김경준 쉐프님의 의견도 들어봐야겠죠? 김경준 쉐프님은 어떻게 보십니까?"

김경준 쉐프가 입술을 깨물며 말했다.

"저도, 최형진 쉐프님의 의견과 같습니다."

그밖에 다른 쉐프들의 의견도 비슷했다.

호기심을 이기지 못하고 MC 안용식이 그들을 돌아보며 물었다. 어쨌거나 한수는 쉐프는커녕 아마추어도 아닌 일반인에 불과했다. 그런데 그가 어떻게 김경준 쉐프보다 더 맛있는 수비드 꼬숑을 만들어냈다고 하는 건지 그 이유를 듣고 싶었다.

"최형진 쉐프님, 한수 씨 요리가 더 맛있다고 평가하셨는데요. 그 이유가 뭔지 알고 싶습니다."

최형진 쉐프가 입을 열었다.

"그건 가니쉬 때문입니다."

"가니쉬라면 그 베이컨으로 아스파라거스를 돌돌 말아놓은 거 말씀하시는 겁니까?"

"예, 그렇습니다. 그 가니쉬 때문에 수비드된 삼겹살의 맛이 더 살아났어요."

수비드 요리가 갖고 있는 최고의 장점은 물에 익히는 조리법이다.

덕분에 육류 전체에 골고루 스며드는 효과 덕분에 맛, 형태, 육즙을 온전하게 보존되고 고기의 식감이 다른 조리법과는 비교할 수 없을 만큼 부드럽다는 데 있다. 그러나 한수는 가니쉬로 베이컨으로 만 아스파라거스를 내놓았다.

그건 한수가 「퀴진 TV」를 보면서 이것저것 요리해 보다가 혹시 하는 생각에 한번 합쳐본 것이었다. 그리고 생각보다 그 궁합이 훌륭해서 이번에 내본 것이었는데 이렇게 호평을 받을 줄은 미처 생각지도 못했었다.

「퀴진 TV」에는 김경준 쉐프 말고도 프랑스 본토에서 요리 중인 요리사들이 나온 적도 많았고 그들이 갖고 있는 지식과 경험은 고스란히 한수의 것이 되어주곤 했다.

즉 김경준 쉐프는 한수 한 명이 아니라 자신을 포함한 세계 각국의 요리사를 상대로 승부를 겨룬 셈이었다.

「백지장도 맞들면 낫다」라는 말이 있는 만큼 한 명, 한 명의 경험과 지식이 어우러지며 자신에게는 스승이나 다름없는 김경준 쉐프를 상대로 이렇게 호평을 얻어낸 것이었다.

이제 판정을 내릴 시간이었다. MC 윤준석이 8인의 쉐프 군단을 보며 물었다.

"그럼 한번 쉐프님들 의견을 들어보도록 하겠습니다. 김경준 쉐프님이 지난번 만드셨던 쁘띠 수비드 꼬숑하고 오늘 강한수 씨가 나와서 만든 수비드 꼬숑하고 어떤 게 더 낫다고 생각하십니까?"

쉐프 군단이 생각에 잠겼다. 그리고 그들이 결정을 내렸다.

얼마 지나지 않아 전광판에 숫자가 표기됐다.

7 대 1.

한수의 압승이었다. 단 한 명을 뺀 일곱 명이 한수의 손을 들어준 것이다. 김경준 쉐프는 승복한다는 얼굴로 고개를 끄덕이고 있었다.

MC 안용식이 의아한 얼굴로 쉐프들을 돌아보며 물었다.

"어, 김경준 쉐프님을 고른 분이 누굴지 궁금한데요. 피디님, 혹시 이거 누가 어떻게 투표했는지 확인할 수 있습니까? 예? 확인할 수 있다고요?"

그 말에 만화가 김형석이 기겁하며 소리쳤다.

"아니, 그걸 왜 알아봅니까! 이거 엄연히 비밀투표 아니었습니까?"

안용식이 음흉하게 웃음을 흘렸다.

"아직 제작진한테는 안 물어봤는데요? 하하, 김형석 씨가 조금 찔리는 게 있으신가 봅니다?"

"……예? 아, 아닙니다. 저 그런 거 전혀 없습니다. 까짓것 공개해도 됩니다."

"제작진, 누가 어떻게 투표했는지 좀 알려주실 수 있을까요?"

양 피디가 고개를 끄덕인 뒤 화면에 누가 누구에게 투표했는지 그 현황판을 공개했다.

김형석이 버럭 소리쳤다. 모두가 예상한 그대로였다. 김경준 쉐프한테 유일하게 투표한 건 만화가 김형석이었다.

평소 김형석과 친하게 지내는 최형진 쉐프가 물었다.

"왜 그랬어?"

"아니, 김경준 쉐프님이 0표 받으면 그것도 좀 그러니까……."

"됐고, 왜 그랬냐고."

"나하고 동성동본이니까 그래도 혈연을 생각해서……."

"괜히 쓸데없는 말 하지 말고 왜 그랬냐니까?"

최형진 쉐프가 눈매를 좁혔다.

김형석은 만화가이긴 하지만 벌써 4년째 「쉐프의 비법」에 고정으로 나오고 있다. 그렇다 보니 그의 만화를 즐겨보는 애독자들은 그의 만화는 점점 구려지는데 그의 요리 실력은 점점 좋아진다고 항의까지 할 정도였다.

김형석이 소심한 어조로 대꾸했다.

"그게 작가들이 아까 한수 씨가 요리 잘하면 저 대신 섭외해야 하는 거 아니냐고 그래서……."

구시렁거리는 김형석을 보며 최형진 쉐프가 말했다.

"걱정 마, 만약 그럴 거면 차라리 내가 나갈 테니까."

"예? 아니, 형이 왜 나가요?"

"나보다도 요리 잘하는 거 같은데 내가 나가야지. 그리고 이 프로에 너 없으면 재미없어져. 작가들이 그냥 농담한 거니까 쓸데없는 생각 마."

그러는 사이 MC 두 명이 상황을 정리하고 촬영을 마무리하기 시작했다.

어느덧 시간은 저녁 열 시가 넘어가고 있었다. 장장 열두 시간에 걸친 촬영이 이제 막 끝을 보이고 있는 것이었다.

촬영이 끝난 뒤 윤환이 한쪽에 소외된 반면 한수는 일곱 명의 쉐프와 한 명의 만화가 사이에 껴서 시달림을 당했다. 그들은 너도나도 자신의 명함을 건네주며 한번 레스토랑에 방문해 줄 것을 요청하고 있었다.

가만히 그 모습을 지켜보던 윤환이 한숨을 내쉬었다.

"내가 그래도 명색이 한류스타인데……."

"아니, 윤환 씨는 저번에 명함 받아가셨잖아요."

"아, 그리고 보니 제가 명함을 못 드렸네요."

최형진 쉐프가 윤환에게 명함을 내밀었다. 윤환이 의아해하며 물었다.

"어? 저번에 명함 받았었는데……."

"아, 그 레스토랑 관두고 새로 레스토랑 차렸거든요."

"오, 헤드쉐프에서 오너쉐프 되신 거예요?"

"뭐 그런 셈이죠. 어쨌든 나중에 한번 꼭 와주세요. 제가 근사하게 대접해 드리겠습니다."

"저야 뭐 최형진 쉐프님만 믿고 가야죠. 근데 우리 한수, 요리 실력 어때요?"

윤환이 은근슬쩍 물었다.

그 말에 최형진 쉐프가 곰곰이 고민하더니 윤환을 쳐다보며 물었다.

"진지한 대답을 듣고 싶으신 거죠?"

"그렇죠. 어느 정도 실력이에요?"

최형진 쉐프가 조심스레 입술을 떼었다.

"진지하게 대답해 드린다면…… 지금 나이를 생각하면 무시무시한 수준이죠."

"……그 정도예요?"

윤환이 침을 꿀꺽 삼켰다.

최형진 쉐프가 고개를 끄덕였다.

"김경준 쉐프님만 해도 프랑스 요리 1세대 쉐프님이세요. 르 꼬르동 블루를 수석으로 졸업하신 것만으로 일단 게임 셋이거든요. 그런데 그 김경준 쉐프님을 넘어선 거잖아요. 말 다 했죠."

"그 정도구나. 생각했던 것보다 훨씬 더 대단한가 보네요."

"근데 한수 씨는 쉐프될 생각은 없는 거 같더라고요. 그럼 상관없죠. 취미 삼아 요리한다는 의미니까요."

"근데 취미 삼아 요리해서 저렇게 되는 게 가능한 거예요?"

"원래는 불가능하죠. 그러나…… 천재라면 가능하죠."

구름나무 엔터테인먼트로 돌아가는 밴 안.

그러나 그 안 분위기는 평화롭지 못했다. 로드 매니저는 말문을 꾹 닫은 채 운전에만 열중하고 있었다.

뒷좌석에서 풍기는 저 위험한 분위기에 섞이기 싫었기 때문이다. 3팀장은 계속해서 안절부절못하는 상태였고 한수는 노골적으로 기분 나쁜 티를 팍팍 내고 있었다.

중간에서 원래 중재를 해야 할 윤환도 아무 말이 없었다. 그럴 수밖에 없었다. 이건 3팀장이 독단으로 결정을 하고 사전에 고지를 전혀 하지 않은 일이었다.

욕을 먹어도 할 말이 없을 만큼 한수로서는 기분 나쁜 일이었다. 물론 한수도 짐작은 하고 있었다.

3팀장은 모르고 있는 일이지만「쉐프의 비법」촬영을 하러 가기 며칠 전「쉐프의 비법」제작진으로부터 연락을 받은 적이 있었다.

그들은 한수에게 배우 장희연 이야기를 하며 수비드 조리법에 관해 물어본 적이 있었다. 이번에 수비드된 삼겹살도 한수의 말을 듣고 제작진이 그에 맞춰 미리 준비해 둔 것이었다.

그렇지만 한수는 일부러 그런 티를 내지 않고 있었다.

3팀장이 자신에게 요리를 한번 해야 한다고 이야기를 안 해준 건 그의 잘못이 분명했으니까. 또다시 이런 일이 있을 수도 있기 때문에 애초에 기세를 확 잡아놔야 했다.

그건 윤환이 한수에게 조언해 준 내용이기도 했다.

그러면서 윤환이 한수에게 한마디 덧붙인 말이 있었다. 3팀장은 어디까지나 호의로 그랬을 것이라고 말이다. 실제로 3팀장이 나쁜 사람이 아니라는 건 한수도 잘 알고 있었다.

윤환의 스케줄도 마다하고 자신을 쫓아다니면서 스케줄을 관리해 준 게 바로 그였으니까.

한수 눈치를 보던 3팀장이 조심스럽게 말을 꺼냈다.

"미안하다, 한수야. 일부러 숨긴 건 아니야. 제작진에서도 네가 깜짝 놀라는 게 더 그림이 살 것 같다고 해서 말을 안 했어."

"괜찮아요. 뭐 저도 어느 정도는 짐작하고 있었어요."

"어? 그래?"

"예, 「쉐프의 비법」에서 연락을 해왔거든요. 희연 누나 이야기를 하면서 미리 준비해 둘 테니까 필요한 게 있냐고 물어보더라고요. 원래 수비드 스테이크나 수비드 꼬숑 같은 건 준비 기간이 좀 필요하거든요."

"뭐야! 너도 알고 있었어?"

"근데 진짜 요리를 하게 될 줄은 생각도 못 했어요. 그래도 마음의 준비는 하고 있었죠."

"……그럼 나는 왜 숨겨야 했던 거야. 어?"

"양 피디가 노렸나 보죠. 크큭."

3팀장이 인상을 찡그렸다.

그러는 사이 저 멀리 구름나무 엔터테인먼트 사옥이 보이기 시작했다.

"다들 바로 집에 갈 거야?"

어느덧 시간은 새벽을 향해 가고 있었다.

"딱히 할 것도 없는데 술이나 한잔할까?"

윤환 말에 3팀장이 고개를 끄덕였다. 3팀장이 슬쩍 한수를 쳐다봤다. 한수가 말했다.

"저도 좋죠. 한잔하러 가요."

세 사람은 회사 인근에 있는 편의점에서 안줏거리와 술을 잔뜩 산 다음 회사로 들어왔다. 그리고 커다란 텔레비전이 있는 회의실 안에 그것들을 풀어놓았다.

자리에 둘러앉은 뒤 그들은 맥주를 마시며 담소를 나눴다. 그러나 어느 정도 술이 들어가다 보니 자연스럽게 일 이야기가 나오게 됐다.

"이제 하루 세끼 촬영은 한 번 남은 거지?"

"어, 다음 주에 바로 가야 해."

새해가 시작되고 이틀 뒤 3회차 촬영이 기다리고 있었다.

"너 송년 콘서트는 잘 준비하고 있지?"

"그럼."

윤환은 12월 30일부터 12월 31일까지 이틀 동안 송년 콘서트를 열기로 되어 있었다. 이미 모든 자리가 매진된 상태였고 윤환은 그 콘서트 준비에 박차를 가하고 있었다.

"그럼 환이는 콘서트하고 하루 세 끼 한 다음에는 당분간 촬영이 없는 거 맞지?"

"어, 맞아. 그게 끝이야."

3팀장이 한수를 돌아봤다. 한수는 윤환보다 스케줄이 조금 더 빡빡했다. 우선 윤환과 똑같이 하루 세 끼 3회차 촬영을 한 다음 유 피디가 새롭게 준비 중인 「한식당」 촬영을 앞두고 있었다. 아마도 「한식당」은 빠르면 2월 중순쯤 늦어도 2월 말에는 촬영할 것으로 예상되고 있었다.

그때 윤환이 리모컨을 쥐고 텔레비전을 켰다. TBC에서 「트루 라이즈」가 재방송되어 나오고 있었다. 그것을 보던 3팀장이 박장대소를 흘렸다.

"저거 완전히 망했어."

"들었어요."

"지금 시청률이 1.2% 나온다고 했던가? 당분간 장 피디는 연출에서 손 뗄 거라고 하더라고."

"황금사단이 대거 이직해 왔으니까 자리도 없겠죠, 뭐."

"그럴 테지."

채널을 돌려보니 IBC에서는 「자급자족 in 정글」 뉴질랜드 편이 방영되고 있었다.

「자급자족 in 정글」 수마르타 무인도편은 최고 시청률 22.2%를 찍으며 역대 최고 시청률을 갱신하는 기염을 토해 냈다.

최고 시청률을 기록한 건 한수와 철만이 힘을 합쳐서 황새 치를 잡아내는 바로 그 장면이었다.

가만히 한수를 바라보던 3팀장이 웃으며 말했다.

"연초에만 해도 홍대에서 버스킹했었는데 지금은 네가 텔 레비전 켜면 종종 보일 정도니…… 앞으로 더 힘내보자."

"예, 그래야죠."

한수가 환하게 웃었다.

이 정도로는 부족했다. 더 많은 채널을 확보하고 싶었다. 그리고 더 많은 채널에, 그리고 더 많은 프로그램에 나오고 싶 었다. 그렇게만 할 수 있다면, 그 길의 끝에 「채널 마스터」가 있을지도 몰랐다.

CHAPTER 2

2017년이 지나고 2018년이 되었다.

한수에게는 특별한 한 해가 끝난 셈이었다.

한수는 감회가 남다른 눈빛으로 방에 있는 구형 텔레비전을 바라봤다. 불과 6개월 전까지만 해도 한수는 복학 이후 뭘 해야 할지 고민하기에 바빴다.

그리고 형설관 입실 고사를 본 다음 공무원 시험을 재차 준비하려 했었다. 당시 복학을 앞두고 대학교에 갔을 때 만난 민서 누나가 9급 공무원 시험에 붙었다는 것도 한수에게는 적잖은 충격이었다.

그러다가 귀찮음을 무릅쓰고 할아버지 집에 창고 정리를 하러 갔다가 구형 텔레비전을 가져왔고 그러면서 인생이 바뀌었다.

한수는 감회 어린 눈으로 텔레비전을 바라보다가 능력을 점검했다.

현재 한수가 확보한 채널은 적지 않았다. 최초로 얻은 「EBS PLUS」, 그 덕분에 역대급 불수능에서 수능 만점을 받고 한국대학교에 입학할 수 있었다.

그 이후 얻은 「퀴진 TV」, 처음으로 부모님께 브레제라는 프랑스 요리를 만들어드렸고 그 덕분에 「쉐프의 비법」에도 출연하게 됐다.

그런 다음 「K-POP TV」를 얻으며 윤환과 인연을 쌓았고 「IBC Sports」를 얻으며 축구도 곧잘 하게 됐다. 일부러 트루라이즈에 출연하기 위해 「TBC」 채널을 얻었지만 정작 트루라이즈는 출연하지 못했고 그 대신 「Discovery」 채널을 얻고 나서 「자급자족 in 정글」에 출연할 수 있었다.

「대한경제 TV」를 통해 모의투자에서도 높은 수익률을 거뒀으며 「월척 TV」 덕분에 아버지와의 추억도 돈독하게 쌓을 뿐만 아니라 낚시도 잘 할 수 있게 됐다.

그뿐만 아니라 「Travel World」도 확보하면서 「내가 생존왕」에서도 유의미한 성과를 거둘 수 있었다.

그 외에도 현재 한수는 무료로 신규 채널을 확보할 수 있는 권리를 한 장 갖고 있었다. 그리고 상위 카테고리로 가기 위해서는 아직 확보해야 하는 카테고리가 두 개 있었다.

「애니메이션」그리고 「유아」였다.

한수는 두 가지 카테고리에 대한 정보를 확인했다.

「애니메이션」은 카툰, 애니메이션 등을 다루고 있었다.

반면에 「유아」는 육아와 관련이 있었다. 개중에는 정말 인기 많은 뽀로로도 포함이 되어 있었다. 상위 카테고리로 가기 위해서는 두 가지 카테고리 모두 확보가 필요했다.

고민하던 한수는 일단 「애니메이션」을 선택했다. 그리고 그는 텔레비전을 보며 눈을 빛냈다. 「애니메이션」 중에는 미리 확인했던 대로 카툰과 관련 있는 프로그램도 존재했다.

한수는 평소 금손인 애들을 부러워했었다. 친구가 그림을 그리면 무슨 예술이 나오는데 자신이 그림을 그리면 눈코입이 달려 있긴 하지만 졸라맨이 탄생했기 때문이다.

그러나 그는 막 텔레비전에서 나오고 있는 「웹툰의 요소 : 카툰 4컷 완성하기」를 보며 입가에 미소를 그릴 수밖에 없었다.

'드디어 나도 똥손 탈출이다!'

새해가 시작됐지만 바뀐 건 많이 없었다. 여전히 촬영 일정은 빡빡하게 잡혀 있었다. 그 와중에 한수는 윤환과 함께 초도에 한 번 더 갔다 와야 했다.

「하루 세끼」 3회 차 촬영을 위해서였다.

이때는 게스트로 윤환과 십년지기라는 김상민을 만날 수 있었다. 그렇게 순조롭게 3회 차 촬영을 마친 뒤 「하루 세끼」 촬영이 최종적으로 마무리되었다.

그렇게 「하루 세끼」 촬영이 마무리되는 날은 공교롭게도 금요일이었다.

또, 오늘은 시청률 1.1%로 허겁지겁 종영된 「트루 라이즈」를 이어 3부작으로 방송된 예능 프로그램이 끝나고 처음으로 「하루 세끼」가 방송을 타는 날이기도 했다.

한수는 「하루 세끼」 제작진들과 함께 서울로 이동했다.

이야기를 들어보니 황 피디가 자신의 이름으로 서울에 이름난 소고깃집을 이미 예약해 둔 상태였다. 여기서 빠지면 꼼짝없이 역적이 될 게 분명했다.

그렇게 소고깃집에 도착했을 때 시간은 저녁 8시. 아직 방송이 시작하기까지는 1시간 정도 여유가 남아 있었다.

그들은 음식점에 둘러앉았다. 황 피디와 유 피디, 두 사람 맞은편에 한수와 윤환이 앉았고, 승준도 바로 옆에 앉았다.

큼지막한 벽걸이 텔레비전이 보였다. 며칠 전 예고편 방송 이후 「하루 세끼」에 대한 시청자들의 관심은 이례적일 정도로 높았다.

그 이유로는 첫째, 한류스타 윤환이 오랜만에 예능 프로그램에 출연한다는 것.

둘째, 거하게 말아먹은 「트루 라이즈」 이후 TBC로 전격 이적한 황금사단이 야심 차게 준비한 첫 번째 예능의 성적.

셋째, 요새 이곳저곳에서 얼굴을 비추며 예능 뉴스타로 손꼽히는 한수가 또 어떠한 활약을 펼쳤을지 기대된다는 반응이 많았다.

실제로 조연출은 노트북 두 대를 테이블 한 곳에 펼쳐둔 채 국내 대형 포털 사이트 두 곳의 반응을 실시간으로 검색하고 있었다.

가만히 그 모습을 보고 있던 3팀장이 웃으며 말했다.

"환아, 기분이 어때?"

"뭐, 싱숭생숭하네. 오랜만에 예능 출연한 거라 그런가? 기대도 되고 걱정도 되고. 걱정이 조금 더 크긴 하지만."

"한수는?"

"저도요, 설레기도 해요. 뭐, 황금사단에서 편집을 잘 해주셨을 테니까 기대해도 되지 않을까요?"

그러는 사이 테이블 위에 채소가 놓였고 그 뒤 모둠 한우가 하나씩 깔렸다. 유 피디가 냉큼 집게와 가위를 집어 들고 한우를 굽기 시작했다.

그러면서 그녀가 입을 열었다.

"한수 씨, 걱정 마요. 편집 끝나고 다들 난리도 아니었어요. 말만 안 했지 대박이라는 반응이 지배적이었다니까요. 이미 국장님은 어디로 휴가 보내줄지 고심하고 있으세요."

"그 정도예요?"

"예, 기대하셔도 좋을 거예요."

"유 피디님이 그렇게 말씀해주시니 좋네요."

"그러니까 우리 「한식당」도 한번 대박 내봐요."

유 피디가 생긋 웃었다.

그러고 보니 2월 중순부터는 「한식당」을 촬영해야 했다. 이미 선발대가 촬영지로 답사를 떠났다는 이야기도 있었다. 그때 황 피디가 한수를 향해 물었다.

"그러고 보니 한수 씨, 「자급자족 in 정글」이 「한식당」하고 촬영 겹치게 되는 거 아니에요?"

그게 가장 큰 골칫거리이긴 했다. 서로 촬영이 어중간하게 겹치는 게 문제였다. 그 질문에 3팀장이 대신 대답했다.

"다행히 IBC 측에서 양해를 해주기로 했어요. 한주 앞당겨서 촬영하러 가기로 했거든요."

"그럼 언제 촬영가는 거예요? 아, 촬영지는 정해졌어요?"

3팀장이 미소를 지으며 말했다.

"뉴칼레도니아로 가요."

호주와 뉴질랜드 사이에 있는 남태평양의 열대섬으로 겨울에 촬영을 가기에는 최적지다.

　북반구의 겨울은 남반구의 여름이니까. 가만히 한수를 보던 황 피디가 눈을 빛내며 입을 열었다.

　"한수 씨가 예능 대세라는 말을 괜히 듣는 게 아니네요."

　"예? 예능 대세요?"

　"요새 한수 씨 진짜 많이 나오고 있잖아요."

　한수가 그 말에 속으로 자신이 나온 프로그램 개수를 헤아렸다.

　「숨은 가수 찾기」부터 시작해서 「자급자족 in 정글」, 「하루 세끼」, 「내가 생존왕」, 「쉐프의 비법」 그리고 이제 곧 촬영에 들어갈 「한식당」까지.

　일회성 출연에 그치면 모를까.

　「숨은 가수 찾기」와 「쉐프의 비법」을 제외하면 전부 다 주연 롤이었고 「쉐프의 비법」도 게스트이긴 했지만 특집편 게스트였고 거기에 직접 요리까지 했었다.

　그나마 「내가 생존왕」은 설특집을 위한 파일럿 프로그램이고 「하루 세끼」는 이제 막 촬영이 끝났기에 망정이지 그렇지 않았으면 몸이 열 개라도 출연이 불가능했을 것이다.

　그래서 이제 한수가 고정으로 출연 중인 예능 프로그램은 「자급자족 in 정글」 하나뿐이었고 조만간 「한식당」이 하나 더 추가될 예정이었다.

한수와 마찬가지로 셈을 헤아리던 황 피디가 소주를 한수 잔에 가득 따라주며 말했다.

"이거 한수 씨 인기 더 많아지기 전에 추가 계약 좀 해둬야 겠어요."

"추가 계약이요?"

"오늘 방송 대박 날 텐데 시즌1로 끝내서야 하겠어요? 제가 IBC에서 TBC로 옮긴 거 시즌제로 방송하고 싶어서였어요. 시청률만 잘 나온다면야 시즌2, 시즌3, 시즌4까지 계속 가야 죠. 안 그래요?"

황금사단이 제안하는 영입이다. 한수 입장에서는 기분 좋은 제안이었다.

"저야 좋죠."

한수가 환하게 웃어 보였다. 그러자 옆에 앉아 있던 윤환이 투덜거리며 말했다.

"저는 장기계약 안 하실 겁니까?"

그 말에 황 피디가 멋쩍게 웃으며 대답했다.

"윤환 씨는 우리하고 이미 장기 계약된 거 아니었습니까?"

그러는 사이 한 시간이 훌쩍 지나갔다. 각종 웹사이트에 불판이 깔렸다. 네티즌들의 반응은 꽤 뜨거운 편이었다.

그들은 황금사단이 새롭게 런칭할 예능 프로그램에 대해 연신 갑론을박을 벌이고 있었다.

대박을 칠 거라는 반응도 있었고, 쪽박일 거라는 반응도 적지 않았다. 그래도 우호적인 반응이 더 많았다. 또한, 황금사단의 이름값을 알려주기라도 하듯 광고는 완판된 상태였다. 꽤 오랜 시간 광고가 깔린 뒤 본격적인 방송이 시작됐다.

한수가 침을 꿀꺽 삼켰다. 「자급자족 in 정글」 때 한 번 겪어 본 일이다. 게다가 그때에는 「트루 라이즈」와 경쟁 구도를 형성하고 있어서 심적으로도 부담감이 적지 않았다. 그러나 막상 또 자신이 나오는 프로그램이 이렇게 방송에 나온다고 생각하자 가슴이 설렜다.

시청자들의 반응이 호의적이었으면 하는 바람만 할 뿐이었다. 동시에 방송이 시작됐다. 「하루 세끼」 첫 장면은 제작진들이 미리 알아뒀던 한식당에서 출연자들을 만나는 것이었다.

먼저 한수가 한식당으로 들어가는 모습이 카메라에 잡혔고 한수가 예약되어 있는 곳으로 들어간 뒤 황 피디와 이 작가를 만나는 장면이 보였다.

한수가 조금 어수룩한 얼굴로 의자에 앉았고 얼마 지나지 않아 문이 열렸다. 그리고 문을 열고 안으로 들어온 건 승준이었다.

─쟤 누구임?

─듣보잡임?

└배우 같은데? 잘생겼잖아.

└ └배우 맞음. 「왕관의 무게」에 단역으로 출연한 적 있
었음.

─이름이 뭐야? 존잘이다. ㄹㅇ

─검색해 보니까 이승준이라고 뜨는데? 올해 스물한 살
이래.

└스물하나? 되게 노안이네. 난 스물넷은 되는 줄 알았
는데.

└ └에이, 저게 무슨 노안이야. 그건 좀 너무한 거 아니냐.

─근데 「왕관의 무게」면 윤환도 나온 적 있지 않냐?

─그러네, 그래서 섭외했나 보네.

─이거 시청률 잘 나올까? 윤환 빼면 나머지 두 명은 사실
듣보잡 아니냐.

└뭐, 강한수는 요새 예능에 좀 나오고 있긴 하지만 이승준
은 사실상 무명이고. 듣보잡이긴 하지.

└ㅇㅈ

└ └그래도 황금사단이잖냐. 일단 계속 봐야지.

그러는 사이 윤환이 들어왔고 세 사람의 대화가 오고 갔다.

실제로 윤환이 네임밸류가 너무 부족한 게 아니냐고 했고 황 피디가 한류스타 윤환이 있는데 뭐가 문제겠냐고 하는 말을 덧붙였다.

그 이후 대략적인 방송 컨셉이 다뤄졌다. 그러다가 김경준 쉐프에 대한 이야기도 살짝 나왔다.

그것을 보며 한수가 얼굴을 붉혔다.

얼마 전「쉐프의 비법」을 촬영할 때 만났던 김경준 쉐프가 불현듯 생각이 났기 때문이다.

그러는 사이 황 피디가 말을 이었다.

앞으로 초도에 가서 촬영할 예정이며 그곳에서 낚시를 해서 잡은 물고기로 밥을 해 먹어야 한다는 것까지 다뤄졌다.

-와, 거의 이 정도면「자급자족 in 초도」수준 아니냐?

-ㅋㅋㅋ 그건 그렇네. 그럼 정글보단 쉬우려나?

-강한수, 낚시도 꽤 잘하는 거 같던데 기대된다.

 ㄴ설마 낚시를 첫날부터 잘할까? 난 기대 안 되는데.

-근데 강한수 한식도 할 줄 앎? 난 처음 알았다.

그리고 장소가 바뀌었다.

황 피디가 한식을 알리고 싶다고 말하고 이곳 한식당의 오너 쉐프인 공 숙수가 소개됐다.

그때 서로 알아보는 장면이 나오자 코멘트에 주작 아니냐는 이야기가 달렸다.

그것도 잠시 한수가 요리할 거란 말에 공 숙수가 불호령을 내리는 장면이 나왔고 한수가 나서서 요리를 만들어 보임으로써 오해를 풀고 싶다고 하는 장면이 연이어 들어갔다.

스피디하게 상황이 흘러갔고 시청자들은 댓글 다는 것도 잊은 채 방송에 집중했다.

그건 여기 앉아 있는 「하루 세끼」 제작진들도 마찬가지였다.

그 와중에 한수가 깔끔한 솜씨로 신선로를 만들어냈다.

공 숙수가 요리를 맛본 뒤 주방에 있는 요리사들을 불러 모아 신선로를 한 숟가락씩 먹게 하는 모습이 담겼다.

주방에 있는 요리사들이 감탄을 멈추지 못했다.

그리고 누군가가 공 숙수를 바라보며 물었다.

"스승님께서 하신 요리입니까?"

공 숙수가 그들을 바라보며 말했다.

"내가 한 요리가 아니다."

"예? 그럼 누가 이 신선로를 만들었다는 겁니까?"

공 숙수가 말을 꺼내려 할 때였다.

그 순간 중간광고가 깔렸고 시청자들의 아우성이 댓글창을 가득 메우기 시작했다.

−진짜 양심이 있으면 중간광고는 없애야 하는 거 아니냐?

−** 진짜 중간광고 때문에 중요한 순간마다 잘리니까 개빡침.

ㄴ내 말이. 이건 뭐 마음의 준비 다 해놓고 시작하려니까 갑자기 엄마한테 전화 걸려왔다고 집에 가는 거나 다름없잖아.

ㄴ ㄴ응? 뭔 말임?

ㄴ ㄴ ㄴ아, 여기 대부분 모쏠이었지. ㅈㅅ

ㄴ ㄴ ㄴ ㄴ이 **

−근데 쟤 한식 조리사 자격증도 있냐? 신선로는 어떻게 만들었대?

−그러게. 표정 보니까 겁나 맛있어 하던데. 나도 먹고 싶다.

−와, 조금 전에 밥 먹었는데 또 허기진다. ㄹㅇ

그러는 사이 중간광고가 끝났다. 그리고 재차 방송이 이어졌다. 그때 조연출이 큰소리로 외쳤다.

"시청률 떴답니다!"

"몇인데?"

"진입 7%입니다!"

"축하드립니다! 감독님!"

"축하드려요, 윤환 씨!"

"한수 씨, 축하해요!"

곳곳에서 박수갈채와 함께 환호성이 쏟아졌다.

TBC의 효자 종목이자 야심작이었던 「트루 라이즈」 시즌4 마지막 화인 10화가 1.2%를 찍고 야심 차게 말아먹었던 걸 생각하면 진입 7%는 그 누구도 기대치 못한 성과였다.

엄청난 성과라고 봐야 했다. 그러나 황 피디의 표정은 시큰둥했다.

"뭐 이런 걸로 소란이야. 다들 이 정도는 예상했잖아?"

그 말에 유 피디가 고개를 끄덕였다.

"그렇죠. 못해도 10%는 나와야죠."

"……."

주변에서 수군거리는 소리가 들렸다.

둘 다 너무 나간 게 아니냐에서 제정신이 아닌 거 같다는 이야기까지 있었다. 그러나 윤환과 한수, 승준이 만들어낸 시너지 그리고 적절히 재미를 더한 황 피디까지.

뒤로 가면 갈수록 「하루 세끼」는 더욱더 큰 재미를 선사할 게 분명했다. 실제로 아직 그들은 초도에 도착하지도 않은 상태였다. 초도로 가기 전 모인 미팅에서 있었던 작은 에피소드 하나로도 이미 시청자들을 끌어모으고 있는 것이었다.

"시청자 반응은 어때?"

"대부분 호의적입니다. 꿀잼이라는 말이 많은데요?"

"그래."

그때였다.

공 숙수가 요리값을 받지 않겠다고 하더니 한수에게 방송을 그만두고 요리를 배워 보면 어떠냐는 장면이 나왔다. 그러자 시청자들 반응이 또 한 번 폭발했다.

이미 코멘트 창에는 「하루 세끼」 제작진과 출연자들이 미팅을 가졌던 한식당 「청풍」이 국내 최고의 한식 요리사로 손꼽히는 공 숙수가 근무 중인 곳이라는 정보가 퍼져 있었다.

ㅡ와, 진짜 미쳤다. ㅋㅋㅋㅋㅋㅋ

ㅡ저기가 우리나라 최고의 한식당이라며? 거기 오너 쉐프가 저 정도로 극찬할 정도면……

└친구 아들이라며. 그래서 저렇게 띄워주는 거 아니야?

└└나도 여기에 공감. 그냥 방송이라서 띄워주는 거 같은데?

└└└** 진짜 강진요 새끼들 아직도 안 죽었냐?

└└└└강진요가 뭐예요?

ㅡ정수아 빠들이 강한수 까려고 만든 거 있음. 악질들임 그냥.

그러는 사이 출연자들이 초도로 가기 위해 여수에서 기다리는 것으로 장면이 전환됐다.

그때 승준이 키우던 고양이 루나가 방송에 나왔고 몇몇 집사들이 비명을 질러댔다.

그들은 루나가 어떤 종이고 몇 살쯤 되는지 자체적으로 분석을 하고 있었다.

또 일부 한가한 놈들은 고양이하고 개하고 뭐가 더 반려동물로 좋은지 시끌벅적하게 토론을 벌이는 중이었다.

그럴 때 황 피디가 출연자들이 가져온 캐리어를 검사하기 시작했고 돼지고기와 소고기 그밖에 몇몇 먹을거리들을 압수했다.

─아니, 저런 거 다 압수하면 뭐 먹고 살라는 거임?

─진짜 너무하네. 완전「자급자족 in 정글」뺨치는데?

─이거 힐링 프로그램 아니었음? ㅋㅋ 이 정도면 노예계약 아니냐.

─윤환이 나서서 되찾아오겠지.

─승준 오빠 울지 마요.

┗울긴 뭘 울었다고 그래. 자꾸 오빠 거리지 마라. 넷카마 자식아.

┗┗저 여자 맞거든요!

┗┗┗[Link] 김현호 씨가 게시판에 남긴 글들인데요. 반박

불가 ㅇㅈ? ㅇㅇㅈ

그때 그들이 올라탄 여객선이 긴 시간의 항해 끝에 초도에 도착했다. 그리고 그들은 제작진이 준비해 둔 양옥집 안에 들어설 수 있었다.

그러나 그들이 앞으로 4박 5일 동안 지내야 하는 양옥집은 말만 집일 뿐 뭐 하나 제대로 구비되어 있지 않았다.

특히 전자레인지와 가스레인지도 없다는 말에 시청자들도 어처구니없다고 코멘트를 달았다.

저런 곳에서 어떻게 요리를 해 먹느냐고 시청자 게시판에 항의 글을 남기고 오겠다는 사람도 있었다.

"진짜 항의 글 남긴 건 아니지?"

시청자 게시판을 확인하던 조연출이 어처구니없는 얼굴로 말했다.

"……에? 진짜 남겼는데요?"

"뭐? 미치겠네. 뭐라는데?"

"출연자 인권을 무시하는 거 아니냐는데요?"

"……출연자 인권 무시는 개뿔. 우리가 얼마나 호되게 당했는데 말이야."

"그러니까요. 아직 못 봐서 그렇죠."

"아, 이제 다음 장면이지?"

"예. 맞아요. 다음 장면이에요."

그들이 눈살을 찌푸렸다.

초도에 오자마자 그들을 낭패에 빠지게 만들었던 일. 벽걸이 텔레비전을 빤히 쳐다보던 황 피디가 눈살을 찌푸렸다. 아직도 그때 그 악몽이 잊히질 않았다. 그러나 편집팀은 가차 없었다.

황 피디가 주섬주섬 고무대야를 챙기는 모습이 카메라에 잡혔다.

"안 돼! 고무대야를 주면 안 돼! 그냥 낚싯대를 주면 안 된다고!"

지나치게 감정이입을 한 황 피디가 자신도 모르게 일어나서 소리쳤다.

여전히 소고기를 구워 먹고 있던 윤환이 그런 황 피디를 보며 퉁명스러운 목소리로 말했다.

"이거 봐, 아직도 삐져 있다니까?"

"삐져 있다뇨! 그럴 수밖에 없죠. 그때 한수 씨가 얼마나 뒤통수를 세게 후려쳤는데요."

"낚시 잘하는 거 알면서 섭외한 거 아니었어요?"

"저는 어디까지나 낚시는 윤환 씨 몫으로 한 거였어요. 한수 씨는 그냥 요리 역할이었다고요."

"……그럼 제작진 잘못이네. 안 그래?"

"그렇죠, 제작진 잘못이죠."

부글부글―

황 피디가 인상을 구겼다. 그러나 텔레비전 속 황 피디는 야비하게 웃으며 한수에게 고무대야를 건넸다.

그 안에는 통발 네 개와 낚싯대 두 개가 담겨 있었다. 시청자들이 야유를 쏟아냈다.

―미친 거 아님? 저걸로 먹고 살라고?

―그러다가 안 잡히면 굶는 거야?

―시래깃국이라도 해 먹으라는 거겠지. 원래 황 피디 인성 씹극혐이었잖아.

ㄴ그건 그래. 사실 「원더풀 새러데이 ―밥 좀 먹자!」 때부터 출연자 엿 먹이는 걸로 유명하긴 했지 ㅋㅋㅋㅋ

ㄴㄴTBC로 이직했으면서 그 버릇은 여전히 못 고쳤네. 힐링 프로그램이면 좀 인간답게 먹게 해주지.

ㄴㄴㄴ진짜 저래놓고 굶기면 나 이 프로 안 봄 ㅅㄱ.

ㄴㄴㄴㄴ나도 나도.

가만히 옆에서 코멘트를 보고 있던 황 피디가 괴성을 내질렀다.

"으아아아아악! 왜 내가 욕을 먹어야 하는 건데! 어? 내 잘

못이야? 유 피디도 그렇게 생각해?"

"예? 저, 저요?"

머뭇거리던 유 피디는 말없이 불판에 소고기 두 점을 올렸다.

그런 다음 잘 구워진 소고기를 텅 비어 있는 한수 밥그릇 위에 담으며 말했다.

"한수 씨 많이 먹어요. 그리고 우리 방송도 대박 내요. 알았죠?"

"……유 피디, 너마저……."

그때 텔레비전 속 한수가 자신 있게 웃으며 대답했다.

"예, 충분하죠."

-어? 뭐지? 저걸로 가능하다고?

-설마? ㄹㅇ?

-와…… 말도 안 되는데.

-저기 낚시터 엄청 좋은 거 아님?

그동안 윤환은 승준에게 돌아오는 사이 해야 할 일을 지시했다.

장작을 패놓고 불 피우고 청소까지.

사실상 승준은 몸 좋고 힘 잘 쓰는 일꾼이나 다름없었다. 애초에 황 피디가 그런 역할을 해주길 바라고 섭외한 것이기도 했다.

그러는 사이 화면이 돌아가고 승준이 힘쓰는 장면이 카메라에 잡혔다. 협찬이라는 말에도 상의를 탈의한 승준이 장작을 패기 시작했다. 울끈불끈한 근육들 위로 핏줄이 툭툭 튀어나왔다.

여초 반응이 뜨거웠다.

그녀들은 환호성을 내지르며 승준의 근육에 하트를 보내고 있었다.

그러나 남초 반응은 한 명을 제외하면 시큰둥했다.

−꺄아아아악! 승준 오빠!

−미친. 스킵 안 되냐? 이거 스킵 좀.

−아니, 내가 왜 쟤 벗은 몸을 봐야 하는 건데.

−님들, 우리 승준 오빠 몸 되게 좋죠? 아, 완전 매력 있당~

  ㄴ님, 변태임?

  ㄴ ㄴ아니, 김현호 씨, 병원 좀 가 봐요. 왜 자꾸 넷카마질인데요. 진짜 이상하네.

여 작가 몇몇이 얼굴을 붉혔다.

한수는 슬그머니 승준을 쳐다보다가 자신의 몸을 위아래로 훑었다.

근육질이라고 하기에는 너무 말랐다.

게다가 요새 계속 이어지는 촬영 탓에 오히려 살이 점점 빠지고 있었다.

구름나무 엔터테인먼트에서도 이것저것 닥치는 대로 먹이고 있긴 했지만, 그것으로도 부족했다.

어쨌든 승준은 열심히 장작을 팼고 도끼를 한번 내려찍을 때마다 두꺼운 통나무가 여지없이 반으로 쪼개지고 있었다.

"승준아, 어릴 때 장작 쪼개본 적 있었냐?"

윤환이 놀란 얼굴로 승준을 보며 물을 때였다.

때마침 방송에서도 그와 관련 있는 이야기를 다루고 있었다.

카메라 스태프가 승준에게 어렸을 때 장작 패본 경험이 있냐고 물었고 승준은 담담하게 자신의 이야기를 꺼내놓았다.

부모님 이혼 이후 할아버지 집에서 혼자 살았는데 강원도 산골이어서 장작을 미리 패둬서 땔감을 마련해야 했다는 스토리였다.

그렇게 승준의 말이 끝나고 또 한 번 중간광고가 흘러나왔다.

그동안 시청자들은 코멘트로 한수가 과연 낚시에 성공했을지 아니면 처참하게 실패했을지 그 여부가 기대된다고 서로 이야기를 나누고 있었다.

중간광고가 끝난 뒤 윤환과 한수가 선착장으로 향하는 모습이 카메라에 잡혔다. 정자에 앉아 있던 할머니들과 담소를 나눴다가 윤환이 갑동이 아빠라고 불리며 쫓기는 모습이 잡혔다. 그러는 동안에도 한수는 밥을 해 먹기 위해 방파제로 향하는 중이었다.

그런 뒤 방파제에서 미리 낚시 중이던 낚시꾼들과 한수가 대화를 나눴다. 그리고 어민들이 알려준 포인트에 통발을 설치하고는 본격적으로 낚시하는 장면이 방송을 탔다.

-와, 쫄린다.

-진짜 여기서도 낚시에 성공하면…… 예능신이 강림한 거 아니냐?

-원래 낚시가 방송 콘텐츠로는 안 맞는 편인데 어떻게 됐을까?

ㄴ편집 안 한 거 보면 대박 난 거 아니야?

ㄴ ㄴ쪽박일 수도 있지.

ㄴ ㄴ ㄴ어쨌든 모 아니면 도라는 거네.

그러는 사이 한수가 드리운 낚싯대 찌가 가라앉았다.

—어? 뭐야?
—뭐 잡은 건가?
—저거 물고기 잡힌 거 아니야?
—＊＊

그때 한수가 웃으며 입을 열었다.

"여기 물 좋네요."

그는 능숙한 손놀림으로 낚싯줄을 감았다가 풀며 실랑이를 벌였다.

잠시 뒤 한수가 낚싯대를 들어 올렸다.

3자짜리 감성돔이 낚싯대 끝에 대롱대롱 매달려 있었다.

떨떠름한 얼굴을 하고 있는 황 피디를 향해 한수가 입을 열었다.

"피디님, 요샌 사이다가 대세예요."

그리고 동시에.

「하루 세끼」 첫 화 방송이 끝났다.

그와 함께 다음 날, 태풍이 몰아닥쳤다.

전날 저녁 야근 때문에 혹은 회식 때문에 혹은 다른 이유에서 일찍 잔 사람들은 영문도 모른 채 허우적거릴 수밖에 없었다.

예상했던 프로그램이 실시간 검색어 2위에 올라있었지만, 그 위, 아래를 차지한 실시간 검색어 1위, 3위는 조금 예상 밖이었다.

아마 대부분의 사람들은「하루 세끼」라는 프로그램 이름만 들었으면 제일 먼저 떠올린 이름은 윤환이었을 것이다.

그럴 수밖에 없다.

「하루 세끼」제작진이 가장 공들여 언플했던 게 윤환이었다.

한류스타 윤환, 단지 국내뿐만 아니라 중국이나 일본, 동남아시아 등 해외 수출에도 그의 이름은 대단히 긍정적인 영향을 미칠 게 분명했기 때문이다.

실제로 황 피디가 강한수를 섭외한 것보다 덩달아 윤환을 섭외한 것 덕분에 TBC 경영진들이 한시름을 놓기도 했었다. 그러다가 이승준을 세 번째 멤버로 섭외하면서 또 한 번 이마에 주름살이 가득 패였지만.

그러나 윤환의 이름은 실시간 검색어 6위에 랭크되어 있었다. 반면에 실시간 검색어 1위를 차지한 건 강한수였고 3위는 이승준이었다.

양석태는 평범한 중소기업 회사원이었다. 어제도 야근에

시달리던 그는 밤늦게 퇴근했고 그대로 씻지도 못한 채 뻗어버렸다. 그리고 아침 일찍 깨었을 때 양석태는 비비적거리며 씻고 나서 양복을 꺼내 입다가 자신도 모르게 눈살을 찌푸렸다.

생각해 보니 오늘은 회사 가는 날이 아니었다. 정말 금쪽같은 휴일이었다. 그는 양복을 대충 침대에 벗어둔 채 텔레비전 앞에 앉았다.

리모컨을 쥐고 채널을 돌려보니 TBC에서 어젯밤 방송했던 「하루 세끼」 1화를 재방송하려 하고 있었다.

고민하던 양석태는 리모컨을 내려놓곤 주전자에 물을 받았다. 컵라면이라도 하나 끓여 먹으면서 「하루 세끼」를 볼 생각이었다.

그래도 「원더풀 새러데이 ─밥 좀 먹자!」를 연출했던 황금사단이 TBC로 이직해서 야심 차게 만드는 프로그램인 만큼 그 역시 적잖게 기대 중이었다.

물론 기대가 크면 실망도 그만큼 커지는 법이었지만 그래도 일단 1화는 꾹 참고 볼 생각이었다. 그래 봤자 재미없으면 바로 리모컨을 쥐고 채널을 돌릴 테지만.

어느덧 물이 팔팔 끓었고 그는 컵라면에 물을 부은 다음 「하루 세끼」가 시작하길 기다렸다. 꽤 긴 광고가 끝난 뒤 본격적으로 「하루 세끼」가 시작됐다.

양석태는 얼마 지나지 않아 「하루 세끼」에 푹 빠져들었다. 그가 먹으려 했던 컵라면이 퉁퉁 불어 우동이 되어가고 있는데도 불구하고 시선을 뗄 수가 없었다.

그러다가 공 숙수가 대답하기 직전 뜬 중간광고에 양석태가 입술을 깨물었다.

"아, 딱 중요한 순간에 왜……."

그러다가 컵라면을 본 양석태가 한숨을 내쉬었다.

뭐 하나 제대로 되는 일이 없는 것 같았다.

결국, 그는 컵라면을 버린 뒤 다시 소파에 드러누웠다.

허기가 졌지만, 중간광고가 슬슬 끝나가고 있어서였다.

그리고 또 한 번 시간 가는 줄 모르고 「하루 세끼」에 푹 빠져 있던 양석태는 한수가 낚시에 성공하며 '피디님, 요샌 사이다가 대세예요'라고 하는 걸 보며 웃음을 터뜨렸다.

"와, 피디한테 대놓고 저러네. 그것도 황 피디한테 저러는 애는 진짜 간만이네."

「하루 세끼」를 본 대부분의 시청자들은 「원더풀 새러데이 ―밥 좀 먹자!」도 즐겨본 시청자였다.

그들은 황 피디가 얼마나 지독한 사람인지, 출연자를 얼마나 못 살게 하는지도 익히 잘 알았다. 그런 황 피디가 아무 소리도 못 하고 저렇게 깨갱거리는 모습을 보자 되려 속이 시원해지는 것 같았다.

더는 참지 못하고 프로그램이 끝나자마자 양석태는 컴퓨터를 켰다. 그리고 그는 인터넷을 둘러보며 시청자 반응을 확인했다.

자신이 예상한 그대로였다. 곳곳에서 꿀잼이었다는 반응이 지배적이었다. 특히 마지막에 한수가 양 피디를 보며 한 말은 커뮤니티 곳곳에서 유행처럼 번지고 있었다.

양석태도 곧장 자유게시판에 글을 하나 써 올렸다.

제목 : 「하루 세끼」 완전 대박삘인데요? 다음 화 너무 궁금하네요.

하루가 다르게 「하루 세끼」 인기는 식을 줄 모르고 타오르기만 했다.

대부분의 시청자 반응이 호의적이었으며 생방으로 못 본 사람들이 재방으로 보는 비중도 압도적으로 높았다.

그렇다 보니 TBC는 최대한 재방송을 틀어놓는 시간대에 「하루 세끼」 1화를 집중적으로 틀고 있었다.

그러면 그럴수록 TBC에서 황금사단이 갖는 이름값은 수직 상승 중이었다.

굴러온 돌이 박힌 돌을 빼낸다고, 기존에 TBC에서 일하던 피디들이 되려 불안에 떨고 있을 정도였다.

"진짜 반응이 장난 아니네."

"어제 「하루 세 끼」 시청률이 몇 %였다고?"

"무려 8.3%래. 8.3%."

"그 전에 했던 건?"

"3부작짜리? 그거 1.5% 남짓이었을걸?"

"와, 그럼 전작 도움도 없었던 거네?"

"그렇지. 3부작 이전에 똥 싸지른 게 있었잖아."

"야!"

"왜? 틀린 말도 아닌…… 어? 장 피디, 있었어?"

장 피디가 얼굴을 일그러뜨리며 말했다.

"있는 거 알고 지껄인 거 아니었어?"

"설마 내가 장 피디 있는 거 알고 그랬겠어? 미안해. 일부러 그런 건 아니고……."

"됐어."

「트루 라이즈」 연출을 맡았던 장 피디가 얼굴을 붉히며 자리를 박차고 나갔다. 남아 있던 피디들이 그런 장 피디 뒷모습을 보며 수군거렸다.

"진짜 딱하네. 그래도 한때 「트루 라이즈」가 우리 방송국 간판이었잖아."

"그러니까. 근데 시즌4가 저렇게 망할지 누가 알았겠어."

시청률 1.2%.

TBC 간판 프로그램이라 불리던 「트루 라이즈」의 최종 시청률이다. 그들이 혀를 찰 수밖에 없었다.

"하필이면 또 둘 사이에 접점이 있잖아."

"접점?"

"지금 실검 1위 말이야."

"아, 강한수."

전후 사정을 모르는 피디들이 그들을 보며 물었다.

"응? 무슨 일 있어?"

"원래 강한수가 「트루 라이즈」 시즌4에 출연하려 했었대."

"진짜? 그럼 무조건 잡아야 하는 거 아니야? 어떻게 섭외했대? 요새 구름나무 겁나 깐깐한 거 알아? 섭외하고 싶어도 빈틈 하나 안 보이잖아."

"섭외도 아니야."

"응? 설마 제 발로 출연하고 싶다고 찾아온 거였어?"

평소 이런 소식들에 정통한 피디가 고개를 끄덕였다.

"그래, 면접도 봤었다니까?"

"근데 장 피디가 떨어뜨린 거야?"

"떨어뜨린 건 아니고 눈치를 꽤 줬나 봐. 장 피디, 한국대에게 감정 안 좋은 거 다들 알잖아. 어쨌든 그렇게 간 보다가 최종 섭외했는데 강한수가 거절한 거야. 「자급자족 in 정글」 나간다고."

"뭐야. 그럼 강한수가 나쁜 놈인 거네. 면접까지 봐놓고 최종 섭외됐는데 딴 프로그램 나간다고 관둔 거잖아?"

"에이, 그게 아니고. 그냥 지원서만 냈었대. 섭외될지 안 될지도 모르는 상황에서 거절 때린 거래."

"……그럼 할 말 없네. 근데 어쨌든 결과적으로 장 피디는 닭 쫓던 개 된 거고 「자급자족 in 정글」은 완전 대박 난 거네?"

"어, 그렇지. 게다가 강한수 덕분에 지금 상반기 최고 기대작이 IBC에 있잖아."

그 말에 피디들이 고개를 끄덕였다.

상반기 최고 기대작이자 설 연휴 파일럿으로 특별 제작된 프로그램이 하나 있긴 했다.

「내가 생존왕」

실제로 네티즌들도 「내가 생존왕」이 얼마나 시청률이 나올지 그에 관해 적잖게 기대를 하고 있었다.

한편 피디들이 그렇게 구시렁거리고 있을 무렵 TBC에서 지금 가장 바쁜 시간을 보내고 있는 건 다름 아닌 유 피디였다.

황 피디는 「하루 세끼」 촬영이 끝난 만큼 조금 여유로운 편이었다. 게다가 「하루 세끼」 반응이 TBC 개국 이래 모든 예능 프로그램 가운데 가장 뜨거운 상태였다.

어쩌면 진짜로 10%가 넘어갈지도 모른다는 이야기까지 나오고 있는 만큼 황 피디는 거리낄 게 없었다. 덩달아 그를 거액을 주고 데려온 황금사단의 선배라고 할 수 있는 강석훈 본부장의 평가까지 올라갈 정도였다.

반면에 유 피디는 오히려 부담감을 더 크게 느끼고 있었다. 「하루 세끼」를 넘어서야 한다는 모종의 기대감 때문이었다. 거기에 강한수도 「한식당」에 출연하기로 한 만큼 최대한 기대치 이상의 시청률을 거두고 싶은 생각이 있었다.

관건은 출연자였다. 일단 요리사 겸 이 프로그램의 메인 출연자라고 할 수 있는 강한수는 섭외가 완료됐다.

유 피디에게는 천군만마나 다름없었다. 그는 뭘 하든 기본 이상은 해내곤 했으니까. 아마 「한식당」에서도 「하루 세끼」 못지않은 모습을 보여줄 게 분명했다. 관건은 다른 두 명이었다.

유 피디도 「한식당」 출연자를 최대 3명으로 제한하려 하고 있었다. 요리사 강한수를 제외하면 요리 보조 한 명하고 서빙 겸 주문을 받는 총리 한 명이 필요했다.

그러나 마땅한 인재가 없을뿐더러 이번 「한식당」은 유 피디가 황금사단의 유 피디가 아니라 「한식당」의 메인 피디인 유 피디로 처음 도전하는 입봉작이었다.

그렇다 보니 다른 출연자들도 난색을 표하기 일쑤였다.

"휴, 진짜 마땅한 출연자가 없네."

유 피디가 눈살을 찌푸렸다.

물색 중인 후보도 많고 개중에는 자신이 생각하는 이미지와 딱 맞는 후보도 있었지만 정작 섭외된 후보는 0명이었다. 그렇게 유 피디가 전전긍긍하며 고민하고 있을 때였다.

휴대폰이 울렸다.

발신 번호를 확인해 보니 그녀가 섭외하려 노력 중이던 사람이었다.

유 피디가 다급히 전화를 받았다.

"예, 전화 받았습니다."

-촬영이 언제부터라고 했지?

"다음 달 3주 차에 떠날 겁니다, 선생님."

-지금 확정된 건 강한수 한 명뿐이고?

"예, 그렇습니다. 선생님. 선생님께서 출연해 주시면 정말 여러모로 도움이 될 거 같습니다."

-다 늙어 죽어가는 늙은이를 어디에 쓰려고 그런댜?

"아닙니다. 선생님이 얼마나 정정하신대요. 꼭 부탁드립니다."

-흠, 알겠고만. 언제까지 연락 주면 되는겨?

"언제든 괜찮습니다. 선생님께서 편하실 때 연락 주시면 됩니다."

유 피디가 조심스럽게 전화를 끊었다.

그때였다. 또다시 전화가 걸려왔다. 이번에도 그녀가 섭외하려고 노력하던 배우였다. 그런데 그게 전부가 아니었다.

전화를 하는 중에도 계속해서 골키퍼가 쌓이고 있었다. 단, 하루 전날에만 해도 이런 반응이 아니었다. 다들 난색을 표하며 섭외를 꺼렸었다.

그들이 섭외를 꺼린 이유는 하나였다.

강한수.

무명인 이 배우도 아니고 가수도 아닌, 어정쩡한 예능인과 함께 출연해야 하는 게 부담스러웠기 때문이다. 게다가 황금사단의 황 피디가 직접 연출하는 프로그램도 아니었다.

유 피디라는, 이제 막 메인 연출을 하게 된 피디의 입봉작이었다. 여기서 황 피디는 아예 손을 뗀 것으로 알려져 있었다.

그렇다 보니 그들이 다들 망설일 수밖에 없었던 것이다. 하지만 단 하루 만에 반응이 바뀌었다. 다들 부정적이었다가 하루 만에 긍정적으로 태도가 돌변했다.

유 피디는 연신 전화를 받으며 길게 한숨을 내쉬었다. 그리고 그녀는 입술을 깨문 채 결심했다. 어떻게든,「하루 세끼」의

뒤를 이어 최고의 작품을 만들어내고 말겠다고.

—한수 씨, 「한식당」 섭외 다 끝났어요. 방송 촬영에는 지장 없는 거 맞죠?

"그럼요. 누가 출연해요?"

—그건 아직 비밀이요. 나중에 알려드릴게요. 기대해도 좋아요.

유 피디가 전화를 끊었다. 한수는 그녀가 섭외한 사람이 누구일지 궁금했다. 과연 어떤 사람들과 함께 방송을 찍게 될까.

다음 달 촬영이 벌써부터 설레고 있었다. 그것도 잠시 그는 방에서 뒹굴거렸다.

「하루 세끼」 촬영이 끝난 뒤로 일정이 널널했다. 남들은 눈코 뜰 새 없이 바쁘게 움직인다지만 한수는 아직도 연예계에서는 이제 막 유명해지려 하는 신인에 불과했다.

그래도 남들보다 한수는 더 빠른 길을 걷고 있는 것이었다.

구름나무 엔터테인먼트의 전폭적인 지지와 한수 개인의 능력, 그리고 그를 좋게 봐준 여러 피디 덕분이었다.

물론 개중에는 「트루 라이즈」의 장 피디 같은 사람도 있긴 했지만. 이제 「한식당」 촬영까지 남은 기간은 대략 한 달.

어떤 촬영이 될지 기대하는 가운데 유일하게 집에서 가장 바쁘게 움직이고 있는 건 휴대폰이었다.

쉴 새 없이 울리고 또 울리길 반복했다.

대부분 축하 문자였다.

-한수 형, 축하해요! 나중에 유명해지면 저 핑크러브 사인 좀 받아다 주실 수 있죠?

한국대학교 동기 녀석 문자에 한수가 코웃음을 쳤다.
핑크러브는 11인조 여자 아이돌 그룹이다.
주로 음악 방송에서 활동하는 그녀들과 자신이 만날 접점이 있을지 의문이었다.

-야, 너 여배우도 많이 만나봤냐? 어때? 막 후광이 뒤에서 넘실거리냐?

부랄친구 녀석의 문자도 있었다.
한수는 뭐라 할까 고민하다가 답장을 보냈다.
그가 보자마자 아우라를 느낀 여배우는 지금까지 두 명 있었다.
정수아와 장희연.
그녀들은 확실히 다른 여배우들과는 남다른 무언가가 있었다.
톱스타만 가질 수 있는 그런 것이었다.

-어, 후광이 넘실거리더라.

-누군데? 누구냐고!

-정수야.

-……미안.

그때 또 다른 동기 녀석이 카톡을 보내왔다.

-형, 내년에 휴학하신다고 하던데 진짜예요? ㅠ.ㅠ

-어, 그렇게 됐어.

-그렇게 바빠요?

-아마 그렇게 될 거 같아서. 나중에 복학하고 보자.

한수가 입술을 깨물었다.

원래는 휴학할 생각이 없었다. 그래도 끝까지 두 마리 토끼를 모두 잡을 생각을 하고 있었다.

그러나 3팀장의 계속되는 만류와 윤환의 충고에 한수는 생각을 달리할 수밖에 없었다.

지금도 섭외가 쏟아지고 있었다.

아마 「하루 세끼」 방송이 계속되고 「내가 생존왕」도 방송을 타게 된다면 섭외는 더욱더 많아질 게 분명했다.

그 와중에 학점을 챙기면서 대학교까지 다닌다는 건 어불

성설.

두 마리 토끼를 잡으려다가 둘 다 놓치게 될 수도 있었다.

한수는 그런 우를 범할 생각이 없었다.

그래서 휴학을 결심한 것이었다.

그래도 막상 다시 생각해 보니 아쉬움이 묻어났다.

학창 생활도 이래저래 재미있었기 때문이다.

한수는 휴대폰을 밀어뒀다.

이렇게 미주알고주알 연락을 주고받는 것도 좋지만 오늘은 해야 할 일이 있었다.

그동안 남은 피로도를 소모해야 했다.

한수가 확보한 채널 수가 많아지면 많아질수록 그에 비례해서 피로도도 효율적으로 써야 했다.

특히 15% 혹은 50% 이상까지 성취율을 높여두지 않을 경우 그 아래까지 경험치가 깎일 수도 있기 때문에 적절하게 컨트롤해야 할 필요성이 있었다.

그렇다 보니 현재 한수의 목표는 자신이 확보해 둔 모든 채널을 15%까지 끌어올려 놓는 것이었다. 15%가 1차 저지선이라고 할 수 있었기 때문이다.

그러나 여전히 지상파를 확보하기 위한 길은 험준하기만 했다.

리모컨을 쥔 채 채널을 돌리던 그때 한수가 「TBC」에서 채널을 멈췄다.

생각해 보면 여태껏 단 한 번도 이 구형 텔레비전으로 자신
이 나오는 프로그램을 본 적이 없었다.

「숨은 가수 찾기」는 종편, 「자급자족 in 정글」은 지상파 예능
프로그램이었다.

그러나 「하루 세끼」는 TBC에서 제작한 예능 프로그램이었
고 그 의미인즉슨 이 구형 텔레비전으로 자신이 나오는 모습
을 직접 볼 수 있다는 의미였다.

한수는 광고가 끝나길 기다렸다. 생각보다 광고는 꽤 길었
다. 기다리다가 지칠 거 같을 때 광고가 끝나고 「하루 세끼」 1
화 재방송을 볼 수 있었다.

오프닝이 끝나고 한식당 「청풍」에서 제작진을 만나는 자신
의 장면이 눈에 들어왔다.

그리고 한수가 텔레비전과 싱크로를 시작했다.

"한수야, 뭐하니?"

방문 앞을 서성이던 한수 어머니가 노크를 몇 차례 했다.

그동안 정신없이 스케줄을 소화하다가 요 며칠 집에서 쉬
고 있는 아들이었다.

이야기를 들어보니 휴학계를 제출했다고 했다.

한국대학교에 입학했을 때만 해도 졸업하고 취업할 줄 알았더니 연예계에 덜컥 진출해서 당혹스러울 때도 있었지만 지금은 그런 아들을 묵묵히 응원할 뿐이었다.

온갖 과일을 담은 접시를 든 채 서성이던 한수 어머니가 조심스럽게 방문을 열었다.

한수는 한창 텔레비전을 보고 있었다.

할아버지 창고에서 주워온 그 낡은 텔레비전이었다.

자신이 들어오는 것도 모른 채 정신없이 텔레비전에 빠져 있었다.

무슨 프로그램인가 하고 보니 「하루 세끼」였다.

'자기가 나온 프로그램 모니터링하는 건가?'

방해하면 안 되겠다는 생각에 한수 어머니는 접시를 책상 위에 올려놓고 문을 닫고 나왔다.

그리고 얼마나 지났을까.

중간광고 시간 때 잠깐 싱크로가 깨졌다.

한수가 숨을 토해냈다.

"후."

기분이 남달랐다.

기존의 몰입감보다 두 배, 세 배 더 몰입해서 볼 수 있었다.

그뿐만이 아니었다.

「하루 세끼」에 나왔던 제작진이나 출연자들의 생각을 느낄 수 있었다.

무슨 의미냐면 그들이 자신을 향해 품고 있는 감정, 생각 등을 확인할 수 있었다는 이야기다.

평소였으면 전혀 몰랐을 그것들을 더 심층적으로 느꼈다. 그리고 한수는 자신이 좋은 사람들과 함께 촬영 중임을 깨달을 수 있었다.

개중 몇몇은 자신을 운을 타고난 복덩이쯤으로 생각하는 듯했지만, 대부분은 자신에게 호의적인 반응을 드러내고 있었다.

그때였다. 동시에 알림이 떠올랐다. 한수는 파르르 떨리는 눈동자를 억지로 감았다.

[최초로 텔레비전에 출연하셨습니다.]

[이는 위대한 업적입니다.]

[채널 마스터로 향하는 길 1단계를 완성하였습니다.]

[특별한 보상이 추가로 주어집니다. 보상을 선택해 주세요.]

[더 많은 채널을 확보하고 그 채널에 출연해서 자신의 능력을 배가시키십시오.]

[이제부터 「TBC」에서 제작하는 프로그램에 출연하게 되면 모든

능력이 향상됩니다.]

한수는 눈앞에 떠오른 그 알림들을 하나하나 곱씹어 읽었다.

그중에서도 한수가 특히 주목한 문장은 채널 마스터로 향하는 길 1단계를 완성했다는 것이었다.

지금 자신이 하고 있는 이것이 채널 마스터가 되는데 궁극적으로 도움이 되어주고 있다는 이야기였다.

그것도 잠시 한수는 자신에게 주어진 보상을 확인했다.

그가 얻을 수 있는 보상은 셋 중 하나였다.

첫 번째 보상은 「피로도 유예」였다.

이 보상을 획득할 경우 그 날 주어진 피로도를 모두 쓰지 못하게 되더라도 최대 2의 피로도는 다음 날 유용하게 써먹을 수가 있었다.

점점 더 촬영 일정이 늘어나고 피로도를 제대로 써먹지 못하는 날이 생기고 있는 지금, 스마트폰으로는 한계가 있었다.

이 보상은 한수에게 있어서 최고의 보상 중 하나였다.

그러나 두 번째 보상도 나쁘지 않았다.

그건 카테고리 4에 해당하는 채널 가운데 하나를 얻을 수 있게 해주는 것이었다.

「공공」, 「공익」, 「정보」 혹은 「뉴스」.

네 가지 카테고리 가운데 하나를 얻는 게 가능했다.

어떤 걸 얻든 자신의 스펙트럼을 더 넓힐 수 있을 테고 그런 만큼 텔레비전에 보다 더 많이 출연할 수 있을 터였다.

마지막 세 번째 보상은 신규 채널 확보권 세 장이었다.

최초로 이뤄낸 일이고 위대한 업적인 만큼 그에 따른 보상들도 입이 쩍 벌어질 만큼 훌륭했다.

고민하던 한수는 보상을 결정했다.

채널 확보권 세 장도 나쁘지 않고 카테고리 4에 해당하는 채널 가운데 하나를 얻는 것도 나쁘지 않은 일이었다.

그러나 이건 시간이 지나면 지날수록 언젠간 충분히 얻을 수 있는 것이었다.

반면에 「피로도 유예」 같은 건 쉽게 얻는 게 불가능했다.

적지 않은 명성을 쏟아야만 확보할 수 있었다. 그리고 한수는 새롭게 「피로도 유예」를 확보하는 데 성공했다.

외부 촬영이 많으면 스마트폰 DMB를 이용해서 피로도를 쓰고, 그래도 피로도가 남으면 남은 피로도는 다음 날 재활용하면 됐다.

최고의 궁합을 완성시킨 것이었다.

그렇게 「하루 세끼」가 시청률 대박을 기록한 것과 더불어 특별한 보상까지.

한수는 기분 좋게 눈앞에 떠 있던 반투명한 창을 닫을 수 있었다.

한 달은 순식간에 지났다.

첫 주에 8.3%를 찍었던 「하루 세끼」는 2주 차에 10.1%를 기록했다.

특히 방파제에서 낚시하던 한수가 그곳 낚시꾼들의 도움을 받아 갯바위에서만 무려 열두 마리를 낚았다.

잡어를 빼고 열두 마리였고 개중 돔이 열한 마리였다.

그때 잔뜩 일그러진 황 피디의 얼굴은 움짤로 이곳저곳 웹사이트에 돌아다니고 있었다.

그 이후 한수가 보여준 회 뜨는 모습은 시청자들의 감탄을 토해내게 하기 충분했다.

시청자들은 철만과 형준이 합류한 뒤로는 군식구가 늘어서 제대로 끼니를 때울 수 있을까 걱정하였다.

하지만 형준이 일약 뽑기의 신으로 등극하며 그런 걱정을 단숨에 잠재웠다.

이후 솔선수범해서 낚시를 하고 홍합, 거북손 등을 캐는 등

소소한 일상이 보여졌지만 시청자들은 그것을 보며 푹 빠져들었다.

마지막에 황 피디가 한수에게 어선을 만들어달라고 했을 때는 정말로 TBC「하루 세끼」시청자 게시판에 황 피디에 대한 비난이 폭주했을 정도였다.

그러나 몇몇 시청자는 강한수라면 어선도 만들어낼 수 있을지도 모른다며 기대감을 감추지 못했다.

그리고「하루 세끼」3주 차가 되고 한수가 어선을 그 자리에서 사십 분 만에 조리해 냈을 때 시청자들은 제대로 충격을 받고 말았다.

1주 차 때「청풍」의 공 숙수가 한 말이 괜한 말이 아니라는 걸 깨달은 것이다.

그 정도로 한수의 실력은 엄청난 것이었다.

그러는 사이 OBC에서는 김서현과 장희연이 나온「쉐프의 비법」이 방송을 탔다.

첫 번째 주였던 김서현 편에서는 별다른 일이 일어나지 않았지만 두 번째 주였던 장희연 편에서는 장희연이 쇼킹한 발언을 해서 화제가 됐다.

그녀가 요구한 건 한수가 해준 요리보다 더 맛있는 요리를 해달라는 것이었고 그것은 제작진을 비롯한 쉐프들을 제대로 멘붕에 빠뜨렸다.

다행히 김경준 쉐프가 한수와 동률을 이루면서 장혁수 쉐프를 꺾기는 했지만, 평소 「쉐프의 비법」을 즐겨보던 애청자들에게는 장희연이 한 발언이 쉐프들을 얕잡아보고 한 게 아니냐는 비판적인 여론이 들끓었다.

그러면서 그 비판은 자연스럽게 장희연, 그리고 한수에게까지 쏟아졌다.

정작 한수는 아무것도 한 게 없지만, 괜히 고래 싸움에 새우 등 터지듯 휘말리고 만 것이었다.

일부 「쉐프의 비법」 시청자들은 「하루 세끼」를 보고 한수가 어쩌면 아마추어를 뛰어넘는 실력자일지도 모른다고 생각했지만, 대부분의 시청자들은 한수를 향해 악의적인 비난에 이어 모욕까지 서슴지 않았다.

그렇지만 한수는 그것들에 대해 일언반구도 하지 않았다.

괜히 긁어 부스럼을 만들고 싶은 생각은 없었다.

이 상황을 해결하려면 「쉐프의 비법」에 출연 중인 쉐프들이 해명을 해야 하는데 그들이 굳이 해명까지 할 이유가 있는 건 또 아니었다.

결국, 한수로서는 다음 주 혹은 다다음 주 방송까지 꾹 참고 기다리는 것밖에 없었다.

실제로 「쉐프의 비법」 제작진들도 방송이 나가게 되면 다들 화를 누그러뜨릴 거라고 한수를 설득 중이었다. 그러나 그 이면에는 이번 논란을 역으로 이용해서 시청률을 높이고자 하는 생각도 없지 않아 있었다.

그리고 1월 22일, 「쉐프의 비법」 윤환&강한수 편이 방송을 탔지만 바뀐 건 아무것도 없었다.

「쉐프의 비법」 제작진들이 의도적으로 윤환편을 먼저 내보냈기 때문이다.

그렇다 보니 불길은 가라앉지 않고 오히려 거세지고 있었다.

그렇게 거센 폭풍 뒤 「쉐프의 비법」이 방송하기 하루 전날인 일요일 저녁은 무슨 폭풍전야를 보는 듯했다. 그리고 월요일이 됐다.

1월 29일.

「쉐프의 비법」 강한수편이 드디어 시청자들 앞에 선보여지는 날이었다.

동시에 각종 커뮤니티는 물론 웹사이트까지 어느새 차곡차곡 뭉친 강한수 개인 팬과 「쉐프의 비법」 올드비들이 대립하기 시작했고 팽팽하고 치열한 기 싸움이 오고 가는 가운데 말도 많고 탈도 많던 「쉐프의 비법 : 강한수편」이 방송을 탔다.

「쉐프의 비법」 시작 전까지만 해도 분위기는 이래저래 뒤숭숭했다.

아무래도 프로그램이 오랜 시간 꾸준히 사랑을 받다 보면 자연스럽게 코어 팬이 늘어나게 된다.

그것뿐이면 문제는 없다. 오히려 코어 팬이 늘어난 만큼 프로그램 입장에서는 일정 시청률을 보장받을 수 있게 되니 더할 나위 없이 좋다.

하지만 그 코어 팬이 방송에 개입하게 되면 그때부터는 문제가 된다.

지금 상황도 그와 비슷했다.

한때 UBC에서 전성기를 구가하던 예능 프로그램이 하나 있었다.

거의 7년 넘게 장수한 프로그램이었고 토요일의 절대강자라고 불리기도 했다.

그러나 그 프로그램은 흔히 시아버지 혹은 시어머니라고 불리는 코어 팬들의 무리한 요구로 인해 제대로 중심을 잡지 못했다.

뭐만 하면 난리를 쳐대는 코어 팬들 탓에 특집도 제대로 이루어지지 못했고 게스트는 물론 출연자들까지 괴로움을 호소

했다.

7년 전만 해도 무명에 가까웠던 몇몇 출연자들은 이제 국내에서 내로라하는 탑 클래스의 개그맨이 되고 MC가 되었지만 그만큼 그들이 받는 부담감도 이루 말로 표현할 수 없는 것이었다.

지금 「쉐프의 비법」 코어 팬들이 분노하고 있는 이유는 하나였다.

장희연, 그녀가 내놓은 첫 번째 주제 때문이었다.

「쉐프의 비법」에 출연 중인 쉐프들에게도 적지 않은 팬층이 생긴 상태에서 그녀가 요구한 요리 주제는 아마추어인 강한수를 갖고 프로인 쉐프들을 모욕하고 있는 것처럼 비칠 수도 있었다.

그래서일까.

1월 22일에 윤환편이 끝나고 1월 29일 강한수편이 방송될 무렵 「쉐프의 비법」 코어 팬들은 한쪽에는 텔레비전을 켜두고 다른 한쪽에는 인터넷창을 킨 채 방송에 집중하고 있었다.

―만약에 강한수가 먹고만 가면 시청자 게시판에 쌍욕 날리고 온다.

―나도. 진짜 장희연, 미친 거 아니냐? 이젠 욕할 기운도 없음. ―_―;

—근데 진짜 요리 잘하는 거면 어떻게 함?「하루 세끼」보니까 신선로도 만들고 무슨 어선? 그것도 만들었다던데?

  ㄴ어선? 배 말하는 거?

  ㄴㄴ쪼다야. 배 말고. 궁중요리 있어. 근데 어차피 그거 다 연출임. 설마 진짜로 걔가 그런 걸 만들었겠냐? 그럴 거면 쉐프가 되지 뭐하러 방송을 해.

—나도 그래서 반신반의 중이긴 한데.「쉐프의 비법」이 괜히 무리수 뒀을 리는 없을 거 같아서. 정 문제 생길 거 같으면 편집하면 그만인데도 내버려 둔 건 그럴 만한 이유가 있어서 아닐까?

—됐어. 뭐, 강한수가 요리 잘하면 잘하는 거지.

  ㄴ만약 못하면?

  ㄴㄴ그땐 쌍욕 해야지.

—와, 위에 놈 완전 내로남불 아니냐? ㄹㅇ.

그냥 아무 이유 없이 헐뜯는 사람이 있었고 개중에는 논리 정연한 반박도 이루어졌다.

그러나 그들이 공통적으로 내보이는 반응은 같았다.

빨리 방송으로 직접 확인하고 싶다는 것이었다.

그러는 사이 방송이 시작됐다. 처음은「쉐프의 비법」트레이드 마크라고 할 수 있는, 마트에서 장을 봐온 다음 그 내용

물을 확인하고 다 합쳐서 금액이 얼마 나왔는지 보여줘야 했지만, 그 부분은 짧게 편집됐다.

한수 장바구니에 든 내용물과 금액 정도만이 방송에 나갔다. 나머지는 윤환편에서도 한 번 다뤄진 데다가 한수가 요리하는 장면도 함께 끼워 넣어야 했기 때문에 일부러 편집을 그렇게 한 것 같았다.

반대로 시청자들의 반응은 나쁘지 않았다.

오히려 저 식재료들을 가지고 쉐프들이 어떤 요리를 만들어낼지 기대하고 있었다.

그런 뒤 스튜디오로 장소가 바뀌었다.

그때 시청자들이 가장 기다리던 질문을 MC 안용식이 곧장 터뜨렸다.

배우 장희연이 강한수를 칭찬한 것에 대해 어떻게 생각하냐는 질문이었다. 그리고 김경준 쉐프가 만든 요리와 똑같은 맛을 보여줬다고 하면서 촬영이 모두 끝난 뒤 한번 만들어줄 수 있느냐는 질문이 오고 갔다.

─여기서 거절하면 남자가 아니지.

─그럼. 고추 떼야지.

─만약 요리 안 한다고 포기하면 나 OBC 가서 1인 시위한다.

└나도 그 옆에서 한다.

└ └나도.

코어 팬들의 우려와 기대 속에 한수는 직접 요리를 만들어
보이겠다고 말했다.

그럴수록 시청자들 반응이 점점 뜨겁게 달아올랐다.

정말 김경준 쉐프 못지않은 요리를 만들어낼지, 다들 그것
을 궁금해하고 있었다.

「쉐프의 비법」 코어 팬들 모두 강한수 본편에 대한 건 관심
없고 그 이후 특별편으로 다뤄질 부분에 집중하고 있었다.

쉐프들이 한수에게 요구한 요리는 김경준 쉐프의 시그니처
요리인 수비드 꼬숑이었다.

삼겹살은 이미 수비드된 상태였다.

애초에 김경준 쉐프 때도 수비드는 워낙 오랜 시간이 걸린
다는 말이 있었기 때문에 재료가 미리 준비되어 있던 건 문제
없이 넘어갔다.

그 이후가 관건이었다.

필요한 재료를 가져다가 다듬으며 가니쉬를 만들기 시작
하는 한수 모습에 「쉐프의 비법」 코어 팬들이 눈을 휘둥그레
떴다.

그동안 조금 잠잠하던 코멘트창이 들끓기 시작했다.

-와, 미친. 아마추어 맞냐?

-칼질하는 거 봐. ㄹㅇ 개쩐다.

-쟤 누가 아마추어랬냐?

ㄴ내가 그랬잖아. 「하루 세끼」에서 신선로 만들고 어선 만들고 난리도 아니었다니까? 개나 소나 어선 만드냐?

-저 정도면 어느 정도 수준임?

ㄴ쉐프들 표정 봐. 딱 봐도 견적 나오잖아.

ㄴㄴ진짜네. 와, 장희연 말이 구라가 아니었어?

그러는 사이 한수는 가니쉬를 완성했다.

쉐프들로부터 찬사를 얻어냈던, 베이컨으로 아스파라거스를 묶은 것이었다.

동시에 수비드 된 삼겹살을 프라이팬에 조리한 뒤 그 위에 블루베리를 올렸다.

요리가 완성되었고 MC들과 쉐프들 앞에 그 요리가 놓였다.

그리고 쉐프들이 하나둘 그 요리를 집어 먹기 시작했다.

-진짜 어떤 맛일까? 겁나 기대되네.

-제발! 맛없어라! 뱉어라! 토해라!

ㄴ얘 미침?

그러나 촬영장은 조용하기만 했다.

─뭐야? 방송사고야?

─왜 다들 말을 안 해?

─뭐지?

그리고 오늘 방송의 하이라이트가 나왔다.

「쉐프의 비법」 메인 피디인 양 피디가 촬영장에 난입한 것이다. 그리고 그는 하나 남아 있던 수비드 꼬숑을 냉큼 집어 먹었다.

충분히 편집해서 잘라낼 수 있는데도 불구하고 그것마저 포함시킨 것이었다.

─와 ㅋㅋㅋㅋ 미친 거 아님? 저 사람 누구야?

└양 피디라고, 「쉐프의 비법」 메인 피디임

─미쳤네 ㅋㅋ 저거 시말서 감 아니냐?

─시말서 내야지. 근데 나라도 시말서 내는 한이 있어도 저거 먹고 말겠다. 지금 반응 봐 봐. 장난 아니잖아.

소란스러움을 뒤로하고 쉐프들이 하나둘 감상평을 늘어놓기 시작했다.

그들의 감상평은 대부분 비슷했다.

완벽하다는 것. 놀랍다는 것.

특히 김경준 쉐프는 귀신 들린 것처럼 기겁하고 있었다.

그리고 만화가 김형석을 뺀 모든 쉐프들이 한수의 요리가 김경준 쉐프가 만든 요리보다 더 낫다는 평가를 내렸을 때.

한동안 인터넷을 뜨겁게 달궜던 「쉐프의 비법」코어 팬들은 눈 씻고 찾아봐도 찾을 수가 없었다.

「쉐프의 비법」을 흥미롭게 보고 있는 건 코어 팬뿐만이 아니었다.

한수도 본방송으로 지켜보고 있었고 각종 예능 프로그램 피디들도 눈여겨보고 있었다.

개중에서 특히 가장 집중해 보고 있는 건 유 피디였다.

이제 얼마 지나지 않아 한수를 메인으로 해서 「한식당(가제)」촬영을 떠나야 한다.

그런데 「쉐프의 비법」 문제와 맞물려 이런 일이 터지고 말 았으니 그녀는 요 며칠 자신이 밥을 먹는지 물을 마시는지 분 간이 안 갈 만큼 정신없는 나날을 보내고 있었다.

그러다가 한수가 김경준 쉐프를 비롯한 다수의 쉐프들로부터 인정받는 모습을 보며 유 피디가 나지막하게 한숨을 내쉬었다.

가만히 그 모습을 지켜보던 황 피디가 슬쩍 입을 열었다.

"유 피디, 그렇게 걱정이 많은데 제대로 촬영할 수 있겠어?"

"예? 무, 물론이죠. 걱정 마세요."

"한수 씨, 능력 좋아. 걱정하지 마. 자기도 「하루 세끼」 촬영하면서 봤잖아. 그런데 뭐 그리 걱정이 많아? 「쉐프의 비법」이 일부러 시청률 뻥튀기하려고 어그로 끌고 있던 건데. 쟤네도 대책이 마련되어 있으니까 저런 거야."

"……그러다가 만에 하나라도 한수 씨가 실수라도 하면 어쩌나 해서요. 조마조마하며 봤어요."

"그보다 컨셉이나 마저 이야기해보자. 어떻게 할 거야? 「한식당」 그대로 가져갈 생각이야?"

"고민 중이긴 해요."

유 피디가 생각에 잠겼다.

처음 기획했던 기획안과 가장 잘 어울리는 프로그램 제목은 「한식당」이었다.

외국에 나가서 한식 요리를 만든 다음 그 요리를 먹은 외국인들의 반응을 알아보는 것.

"어쨌거나 유 피디가 노리는 게 뭐야? 어떤 요소로 시청자의 관심을 끌고 싶은 거야?"

"일단 누구나 궁금할 만하잖아요. 우리가 즐겨 먹는 요리를 외국인들은 먹고 어떻게 느낄지, 아마 시청자들도 거기서 대리만족을 느끼겠죠?"

"그것 말고는? 또 뭐 있어?"

"당장 노리는 건 그거 하난데요. 그밖에 음, 캐릭터를 살리는 것도 좋은 방법이 될 수 있을 거 같긴 한데…… 그건 한두 차례 만나 봐야 할 거 같아요. 아직 그림이 안 그려져서요."

그때 황 피디가 유 피디를 향해 조언을 건넸다.

"그래도 정 힘들면 한 명한테 포커스를 맞추는 것도 나쁘지 않아."

"한 명한테요?"

"어, 그리고 유 피디한테는 거의 로티플급 카드가 있잖아."

로티플, 로얄 스트레이트 플러쉬의 준말이다.

포커에서 스페이드 무늬의 10, J, Q, K, A 5장을 모두 가진 상황을 의미한다.

유 피디가 눈을 동그랗게 뜨며 물었다.

"저한테요?"

"그래, 강한수 씨 말이야. 강한수 씨 요리 실력이면 로티플을 줘도 무방하지 않겠어?"

유 피디가 그 말에 고개를 끄덕였다.

생각해 보면 한수는 「하루 세끼」에서 단순히 한식만 만든 게 아니었다.

아직 방송을 타지 못했을 뿐 장희연과 김서현이 게스트로 왔을 때 세계 각국의 요리를 만들어내서 황 피디 옷을 홀라당 벗긴 일도 있었다.

그때 한수가 쁘띠 수비드 꼬숑을 만들었고, 그 요리 때문에 장희연이 「쉐프의 비법」에서 한수보다 더 맛있는 요리를 만들어달라고 쉐프들한테 요구하게 된 사건이 일어난 것이기도 했다.

"굳이 「한식당」으로 할 필요가 없다는 거죠?"

"음, 「만물식당」이라던가."

그들이 나누고 있던 이야기를 옆에서 듣고 있던 조연출 한 명이 조심스러운 목소리로 말했다.

"무엇이든 만들어드립니다.」는 어때요?"

"뭐? 그건 좀……."

"왜? 나는 괜찮아 보이는데?"

"아니, 그러다가 이상한 요리를 주문하면 어쩌게요."

"그거야 한수 씨 역량에 달린 문제고. 또 관광객이 그렇게 짓궂은 주문을 하기 전에 컨트롤하는 것도 제작진이 해야 할 일이고."

"……한번 한수 씨하고 이야기해 볼게요."

유 피디가 머뭇거리며 말했다.

그러나 황 피디의 조언은 분명 귀담아들을 만한 것이었다.

재미 요소가 부족하다면 누군가 한 명에게 스포트라이트를 몰아줘서 그 힘으로 끌고 나가는 경우도 비일비재했으니까.

실제로 「자급자족 in 정글」도 지금은 5인 체제, 이제는 한수까지 고정 멤버가 돼서 6인 체제로 굴러가고 있지만, 초창기 때만 해도 철만 빼고는 다 고만고만했던 게 사실이었다.

'무엇이든 만들어드립니다, 라…….'

이야기해 볼 필요는 충분히 있었다.

CHAPTER 3

한수는 3팀장과 함께 TBC에 들어섰다.

두 사람이 들어왔을 때 TBC 안이 수군거렸다.

"캬, 우리 한수 출세했네?"

"예? 그게 뭔 말이에요?"

"다들 너 알아보고 저러는 거잖아."

"……진짜요?"

"그래, 너 일부러 모른 척하는 거야?"

한수가 고개를 저었다.

3팀장이 웃으며 말했다.

"다 너 온다는 말에 보러 온 거잖아. 기분이 어때? 넌 지금 1년 만에 이 정도 위치에 오른 거야."

한수는 멋쩍게 웃어 보였다.

3팀장 말대로 한수는 1년 만에 적지 않은 유명세를 치르고 있었다.

누가 한수보고 1년 전에 홍대에서 버스킹을 했다고 생각하겠는가.

사실 한수 본인도 불과 1년 만에 이렇게 인기를 끌게 될 줄은 생각지도 못했다.

적지 않은 예능 프로그램에 출연했고 각 프로그램에서도 핵심적인 역할을 담당하고 있었다.

그뿐만 아니라 지금은 굵직굵직한 예능 프로그램에서도 단발 역할이 아닌 특집 게스트 형태로 섭외가 들어오고 있었다.

개중에는 지상파 프로그램도 적지 않았다.

그렇다 보니 IBC 「자급자족 in 정글」의 박영식 피디나 「하루 세끼」의 연출을 맡고 있는 황 피디 등은 미리 한수와 장기 계약을 맺어두길 잘했다는 반응을 보이고 있었다.

게다가 황 피디 눈치를 보니 늦어도 올해 하반기에는 「하루 세끼」 시즌2를 연출할 욕심을 내고 있었다.

어쩌면 「한식당」이 끝난 뒤 곧장 「하루 세끼」 시즌2를 찍게 될 수도 있는 일이었다.

"아, 맞다. 너 UBC에서 섭외 들어온 거 알지?"

"예, 듣긴 들었어요."

"윤 피디가 나한테 말 좀 잘 전해달라고 하더라."

UBC에서 섭외가 들어온 프로그램은 「마스크 싱어」였다.

"참 격세지감이다. 처음 홍대에서 나 만났을 때 생각나지? 그때만 해도 「마스크 싱어」는 인지도 부족이라 출연 불가능하다고 그랬었는데……."

한수가 고개를 끄덕였다. 처음 홍대에서 3팀장을 만났을 때 그는 한수보고 아이돌을 해보자고 제안을 했었다.

물론 한수가 몸치에 가깝다는 걸 알게 된 뒤 좌절하며 그 제안을 포기했지만, 그는 「마스크 싱어」에도 한수를 내보내고 싶어했다.

한수가 자유자재로 여러 가수를 모창했기 때문이다. 그가 복면을 쓰고 다양한 가수의 목소리를 흉내 내어 부른다면? 틀림없이 대박 사건이 될 게 분명했다.

그러나 「마스크 싱어」는 「숨은 가수 찾기」와 달리 어느 정도 인지도를 필요로 했고 그렇다 보니 3팀장은 그것을 까맣게 기억에서 지우고 있었다.

하지만 이번에 한수가 윤환 콘서트장에서 정말 소름 돋게 라이브로 노래를 불렀던 것을 염두에 두고 다시 「마스크 싱어」 제작진과 연락을 취했고 며칠 전 UBC로부터 긍정적인 반응을 이끌어내는 데 성공했다.

이제 관건은 한수가 출연하고 싶어 하느냐 그렇지 않으냐의 문제였다.

"어때? 생각 있어?"

"일단 지금 당장은 어렵지 않을까요? 워낙 스케줄이 많으니까요. 해외 촬영도 적지 않고요."

"그건 그렇긴 하지."

한수의 스케줄은 다른 연예인들에 비해 많은 편은 아니었다.

그러나 해외 촬영이 적지 않았고 한번 촬영을 나갔다하면 못해도 4박 5일은 나가 있어야 했다.

「한식당」은 1회성이긴 하지만 「자급자족 in 정글」 촬영은 보통 석 달에 한 번 있는 편이었다.

「마스크싱어」에 나갔다가 가왕 자리까지 오르게 될 경우도 생각해 볼 필요성이 있었다. 물론 한수를 섭외한 「마스크싱어」는 한수가 가왕에 오를 가능성은 전혀 생각조차 안 하고 있는 것 같았지만.

"그래도 윤 피디는 네가 가왕될 거라는 생각은 전혀 안 하는 거 같던데? 어때? 가왕 딱 된 다음에 해외 촬영 떠나는 거지. 그럼 윤 피디가 너 바지 붙잡고 매달리지 않을까? 크큭."

"……그것도 재밌겠네요."

이렇게 웃을 때면 3팀장은 진짜 산적을 생각나게 해서 가끔 무서울 때도 적지 않았다.

그렇게 향후 스케줄을 논의하면서 두 사람은 TBC 예능국

안에 들어섰다. 그리고 「하루 세끼」 제작진 정확히는 황금사단이 쓰고 있는 회의실에 들어섰을 때였다.

두 사람은 뜻밖의 얼굴은 볼 수 있었다. 그는 TBC 한석주 CP였다.

"어? CP님께서 여긴 왜……."

"왜긴요. 우리 한수 씨한테 고맙다는 말하려고 왔죠."

"아."

「쉐프의 비법」이 한창 어그로를 끌면서 한수의 인지도를 띄워준 덕분에 덩달아 「하루 세끼」도 시청률이 소폭 상승하는 효과를 얻었다.

한수에게 호감을 느꼈거나 혹은 적의를 느낀 사람들이 「하루 세끼」를 본방으로 봤기 때문이다.

그 덕분에 10.1%까지 치솟았던 「하루 세끼」 시청률은 10.9%를 기록하며 또 한 번 최고 시청률을 갱신했다.

한석주 CP가 거듭 한수한테 고마워할 수밖에 없었다. 대부분의 경영진들이 꽝 복권이 분명하다고 반대하는 걸 황 피디가 밀어붙였는데 그게 졸지에 로또 1등에 당첨된 셈이었으니까.

"그럼 마저 일 잘 봐요. 그리고 「무엇이든 만들어드려요」도 잘 부탁해요."

한석주 CP가 회의실을 빠져나가며 한마디 덧붙였다.

그 말에 유 피디가 고운 이맛살을 찌푸렸다. 황 피디도 혀를 찼다. 한수가 두 사람을 번갈아 보며 물었다.

"조금 전 한 CP님이 하신 말이 무슨 뜻이에요? 「무엇이든 만들어드려요」라고 하신 거 같은데 새로 기획 중인 프로그램이신가요?"

머뭇거리던 유 피디가 조심스럽게 입을 열었다.

"어, 음, 원래 저희가 기획 중이던 프로그램 제목이 「한식당」이었잖아요."

"예, 그랬죠."

"그런데 황 피디님께서 해주신 이야기를 듣고 생각이 조금 바뀌어서요. 제가 한수 씨를 처음 섭외한 건 한수 씨 요리 실력을 보고 '이거다!' 하는 느낌이 들어서였는데요. 다른 출연자는 제쳐두고 한수 씨 위주로 한번 프로그램을 꾸며보고 싶어서요."

"그래서 제목도 바꾸신 건가요?"

"맞아요, 근데 문제가 하나 있어요."

"제 요리 실력이 얼마나 뛰어난가, 이게 문제가 되겠네요."

"그렇죠. 손님이 요구하는 요리가 있는데 한수 씨가 만들 수 없는 요리면…… 프로그램 제목이나 컨셉하고 서로 안 맞게 되니까요."

"음……."

유 피디가 눈을 커다랗게 뜨며 한수를 향해 양손을 모은 채 물었다.

"가능하실까요?"

TBC에서 회의를 마치고 다음 주 한수는 「자급자족 in 정글」 팀하고 뉴칼레도니아로 출국했다.

4박 5일 동안 뉴칼레도니아에서 촬영이 예정되어 있었다.

그렇게 뉴칼레도니아에서 「자급자족 in 정글」 촬영을 끝낸 뒤 귀국한 이후 한수는 재차 준비해야 했다.

이제 TBC에서 하는 「무엇이든 만들어드려요」 프로그램 촬영이 예정되어 있었기 때문이다.

원래 프로그램 제목은 「한식당」이었지만 현재 프로그램 제목은 바뀐 상태였다.

물론 아직 확정된 건 아니었다.

그러나 바뀔 가능성이 다분히 컸는데 한수는 자신 위주로 프로그램을 짜주겠다는 유 피디 말에 나쁠 것 없다는 생각을 하고 있었다.

아무 이득도 없이 고생하는 거면 굳이 그렇게 할 필요가 없지만, 방송 분량을 넉넉하게 챙겨준다는데 거절할 이유도 없었다.

세계 각국의 요리를 만들어내는 건 능숙한 쉐프라고 해도 어려울 수 있는 일이다. 왜냐하면, 다른 무엇보다 경험이 가장 필요하기 때문이다. 그러나 한수는 자신만만했다.

「퀴진 TV」에서는 세계 각국의 요리가 소개됐고 한수는 스펀지처럼 그 지식과 경험을 모두 습득하고 있었다. 게다가 김경준 쉐프를 상대로 승리를 거머쥐면서 「퀴진 TV」의 경험치가 100% 모두 쌓였고 동시에 한수는 첫 번째 채널을 마스터할 수 있었다.

「퀴진 TV」가 처음 얻은 채널은 아니었지만, 그동안 꾸준히 요리를 공부하고 또 텔레비전을 봐온 덕분에 가능한 일이었다.

그렇게 「퀴진 TV」를 마스터하고 난 이후 텔레비전에 출연했던 것과는 별개로 한수는 또 하나의 보상을 얻을 수 있었다.

동시에 그 보상 덕분에 한수는 여태 봐온 「퀴진 TV」에 나온 요리뿐만 아니라 텔레비전을 얻기 전부터 방송되었던 각종 요리에 관한 지식 및 경험까지도 확보할 수 있었다.

그 덕분에 한수는 「쉐프의 비법」에 출연했을 때보다 더 다양한 요리 경험과 지식을 확보했고 「무엇이든 만들어드려요」를 찍을 수 있다는 자신감까지 얻게 되었다.

그리고 오늘 한수는 「무엇이든 만들어드려요」를 함께 찍을 출연자들을 만날 준비를 하고 있었다.

분당에 있는 아담한 규모의 카페에서 모임이 예정된 상태였다. 카페에 도착했을 때 한수는 반가운 얼굴을 만났다.

"유 피디님, 잘 지……."

"몸 성히 귀국하셔서 다행이에요, 한수 씨."

유 피디가 환하게 웃었다.

그러나 그녀는 요 며칠 마음고생이 심했는지 피골이 상접해 있었다. 누가 보면 아프리카 난민인 줄 착각할 정도로 그녀는 비쩍 마른 상태였다.

한수가 당혹스러운 얼굴로 물었다.

"아니, 그동안 무슨 일 있으셨어요? 얼굴이 말이 아니세요."

"호호, 괜찮아요. 덕분에 정말 좋은 기획안이 만들어졌어요. 혹시 하는 마음에 출연자들 케미도 꼼꼼하게 챙겼거든요."

"아, 그래서 말인데 출연자는 다 확정됐나요?"

앞으로 7박 8일 동안 함께 지내야 하는 사람들이다. 한수가 걱정 반, 기대 반 심정으로 묻자 유 피디가 웃으며 고개를 끄덕였다.

"예, 곧 여기로 오실 거예요."

"누군지 미리 귀띔이라도 해주시면 안 돼요?"

"어, 그게……."

유 피디가 머뭇거릴 때였다.

옆에 앉아 있던 황 피디가 그런 유 피디를 향해 입을 열었다.

"유 피디, 벌써 그렇게 흔들리면 어떻게 해? 어차피 곧 다 올 텐데…… 한수 씨는 엄청 능글맞아졌네?"

"계속 촬영을 하고 있으니까요."

"그보다 우리 유 피디 잘 좀 부탁해. 입봉작이 얼마나 중요한지, 한수 씨도 잘 알지?"

"그럼요. 저는 당연히 제 역할에 최선을 다해야죠."

그때 문이 열리고 새로운 손님이 들어왔다.

여성이었다. 그녀를 본 한수가 눈을 휘둥그레 떴다.

"어? 너는 여기 웬일이야?"

"나도 출연하기로 했거든."

"……드라마 촬영 때문에 바쁜 거 아니었어?"

"사전제작 드라마여서 진즉에 끝났거든? 왜? 내가 따라간다니까 불만이야?"

문을 열고 들어온 건 바로 서현이었다.

그녀는 「하루 세끼」에도 게스트로 출연한 적이 있었다.

한수하고 웃으면서 이야기를 주고받다가 그녀는 이내 공손하게 고개를 숙여 보였다.

"유 피디님, 황 피디님. 잘 부탁드려요."

"저야말로 고마워요. 진짜 서현 씨가 섭외 오케이 해줬을 때 얼마나 고마웠는데요."

"헤헤, 사실은 한수 요리 먹고 싶어서 참가했어요. 우리도 일 끝나고 쉴 때 한수가 해주는 요리 먹을 수 있는 거잖아요. 그렇죠?"

"뭐, 그건……."

유 피디가 말끝을 흐렸다.

그건 전혀 생각지도 못한 이야기였다. 그러나 요즘 한수의 요리는 부쩍 사람들한테 관심이 높아지고 있었다.

지난번 「자급자족 in 정글」에서 부족한 식재료로 뚝딱 요리를 만들어낸 것이나 「하루 세끼」에 매번 나올 때마다 만들어 내는 어마어마한 고퀄리티의 요리, 그리고 「쉐프의 비법」에 나와서 만든 수비드 꼬숑까지.

그러나 정작 한수는 쉐프가 아니었기 때문에 시청자들은 물론 연예인들까지 한수가 만든 요리를 한번 먹고 싶다고 노래를 부를 정도였다.

그것 때문에 「쉐프의 비법」에서도 연예인 대표 쉐프로 고정은 아니어도 틈틈이 출연해줄 수 없냐고 의사를 타진해 온 적이 있었다.

그렇게 두 명이 모였다. 한수가 유 피디한테 전해 들은 이야기로 이번 촬영에 함께 하기로 한 건 자신을 포함해서 모두 세 명이었다.

아직 한 명이 남아 있었다.

그때 문이 재차 열렸다. 그리고 남은 출연자 한 명이 들어왔다. 그를 본 순간 한수가 벌떡 일어났다.

그건 유 피디와 함께 재잘거리고 있던 서현도 마찬가지였다. 황 피디도 무거운 엉덩이를 들어 올렸다.

「무엇이든 만들어드려요」 남은 멤버는 그 누구도 쉽게 대할 수 없는 사람이었다.

굵직굵직한 드라마에 출연하며 명성을 쌓았고 지금은 연극에서 맹활약하며 연기에 대한 열정을 이어나가고 있는 원로 배우 이현재.

그가 마지막 「무엇이든 만들어드려요」 출연자였다.

이현재 등장에 서현이 먼저 고개를 깍듯하게 숙였다.

"서, 선생님."

"그래, 오랜만이구나. 잘 지냈지?"

"저, 저야 잘 지냈죠. 선생님께서도 잘 지내셨죠?"

"그럼. 그렇고말고. 황 피디, 유 피디 둘 다 오랜만이야."

"선생님, 오셨어요?"

"오셨습니까? 멀리까지 오게 해서 송구스럽습니다."

"괜찮아. 그리고…… 자네가 강한수겠군. 허허. 내 손녀도 종종 자네 이야기를 꺼내더군."

"처음 뵙겠습니다, 선생님. 강한수라고 합니다."

"체면치레할 필요 없네. 유 피디 말로는 자네가 새로 열 음식점 사장님이라고 하더군."

"그럼 선생님은……."

"나보고는 서빙 아르바이트를 하면 된다던데?"

"……."

한수가 떨떠름한 얼굴로 유 피디를 바라봤다.

유 피디가 어색하게 웃어 보였다.

상식적으로 생각해 봐도 말이 안 되는 일이었다.

다른 누구도 아니고 이현재를 서빙 아르바이트생으로 써먹어야 한다니.

서빙 아르바이트를 시키다가 체할 일이 생길지도 몰랐다.

그때 이현재가 웃으며 입을 열었다.

"그보다 자네가 그렇게 요리를 잘한다며? 촬영하는 동안 요리는 자네한테 전담하겠네. 맛있는 요리 좀 많이 부탁하네. 허허, 내 친구들도 이번에 자네 나오는 프로그램에 섭외됐다니까 자네가 해주는 요리 먹는 걸 부러워하더라고. 껄껄."

"예, 선생님. 최선을 다하겠습니다."

"그렇게 딱딱하게 굴 거 없어. 내가 불편한가?"

한수가 머리를 긁적였다. 말로 할 수 없지만, 속마음은 당연히 불편할 수밖에 없었다.

이현재는 올해 예순아홉 살이었다.

한수의 친할아버지하고 비슷한 연배였다.

게다가 나이를 떠나 그는 영화나 드라마 쪽 원로배우였다.

갖고 있는 영향력도 어마어마했다.

무엇보다 그는 한수의 대학교 선배이기도 했다.

"한국대학교 몇 학번이지?"

"예, 17학번입니다."

"허허……."

이현재가 웃음을 터뜨렸다.

그는 한국대학교 철학과 69학번이었다.

어색한 순간이 지나고 그들은 카페에서 근처 가게로 자리를 옮겼다.

그곳에서 저녁을 먹고 술을 마시며 담소를 이어나갔다. 생각보다 이현재는 꽤 능력 좋은 아르바이트생이었다. 일단 그의 가장 큰 장점은 5개국어 능통자라는 점이었다.

한국어뿐만 아니라 영어, 일본어, 독일어 거기에 프랑스어까지 능했다.

한수가 슬쩍 독일어로 물어본 질문에 그는 막힘없이 대답하며 자신의 능력을 제대로 보였다. 오히려 이현재는 한수가 독일어를 능통하게 하는 모습에 눈을 휘둥그레 떴다. 그러더니 그는 감탄을 토해냈다.

"오, 자네 독일어도 할 줄 아나?"

"예, 조금 할 줄 압니다."

"그게 조금이라고? 거의 원어민 수준인데? 생각보다 진짜 재능 많은 친구로군. 이번 촬영은 꽤 재미있겠어. 안 그런가? 유 피디?"

"아, 예. 선생님, 그렇게 만들어야죠. 선생님께서 출연해 주셔서 정말 다행입니다."

유 피디가 환하게 미소를 지었다. 서현이 한수와 이현재를 번갈아 쳐다보다가 고개를 절레절레 저었다. 그러고는 황 피디를 쳐다보며 물었다.

"황 피디님, 한국대생은 다 저래요?"

"원래 한국대학생이 좀 유별나긴 해요. 하하."

황 피디가 어색하게 웃었다. 그는 연신대학교 출신이었다.

한 차례 모임을 가진 뒤 그들이 다시 만난 곳은 인천 국제공항이었다.

그들이 촬영하기로 한 곳은 롬복이라는 곳이었다.

인도네시아의 유명한 휴양지인 발리하고 비행기로 30분 정도 떨어진 곳에 위치해 있는 섬으로 때 묻지 않은 자연을 그대로 간직하고 있는 곳이었다.

한수는 3팀장과 함께 캐리어를 끌고 밴에서 내렸다. 인천국제공항은 설 연휴를 끼고 해외여행을 가기 위해 모인 사람들로 북적거리고 있었다.

한수는 미리 공항에서 기다리고 있던 제작진들 무리에 합류했다. 그리고 다른 출연자들이 오기를 기다리고 있을 때였다.

여행을 준비하던 사람 중에서 몇몇이 한수를 알아봤다. 예전에는 그래도 알아보는 사람이 많지 않았지만 근래 들어 꾸준히 예능 프로그램에 얼굴을 비추다 보니 자신을 알아보는 사람들이 적지 않게 늘어나 있었다.

결국, 한수에게 조심스럽게 다가와서 사인을 요청하는 사람들이 하나둘 생겨났다.

3팀장은 흐뭇한 얼굴로 그 모습을 지켜봤다. 1년 전과 비교해 보니 더욱더 감회가 남달랐다. 그러는 사이 다른 출연자들이 속속 도착하기 시작했다.

서현이 먼저 공항에 도착했다. 그녀는 두툼한 패딩을 입고 있었는데 반전으로는 늘씬한 핫팬츠에 새까만 스타킹을 신고 있었다. 도드라지는 각선미에 한수는 순간 얼굴을 붉혔다.

"선생님은?"

"아직 안 오셨어."

"근데 선생님한테 서버 역할을 맡겨도 되나? 내가 해야 하는 거 아닌지 모르겠네."

"너는 주방 보조라잖아. 뭐, 유 피디님이 신경 써서 해주시겠지."

일단 세 사람의 역할분담은 알맞게 되어 있는 상태였다.

한수는 주방에서 요리, 서현은 주방에서 요리 보조, 그리고 이현재는 바깥에서 서빙 및 청소를 담당할 예정이었다.

그것은 이현재가 5개국어 능통자라는 것도 적잖게 영향을 미쳤다. 서현도 영어는 가능했지만, 현재에 비해서는 다소 서투른 편이었다.

서현이 도착하고 얼마 지나지 않아 이현재도 도착했다. 그와 함께 「무엇이든 만들어드려요」 3인방이 모였다. 이제 출연자들도 다 모였으니 롬복으로 출발할 시간이었다.

그럴 때 유 피디가 출연자들을 따로 불러 모았다.

"곰곰이 생각해 봤는데 출연자를 한 분 더 섭외하기로 했어요."

"어떤 역할인데요?"

"아무래도 선생님께서 혼자 서빙 하고 청소하고 계산하고 이러시기에는 일이 너무 많을 거 같아서요. 그래서 서빙 하고 청소 보조로 한 명 더 불렀어요."

이현재는 자신 밑에 한 명이 온다는 말에 반색하며 물었다.

"그래서 누가 오는데?"

"곧 올 거예요. 급히 섭외하느라……."

얼마 지나지 않아 허겁지겁 뛰어들어 오는 사내가 보였다. 그를 본 서현과 한수가 해맑게 미소를 지었다. 두 사람도 익히 아는 사람이었다.

그랬기에 더 부담이 없었다.

"마, 많이 늦었죠? 죄송합니다. 연락을 뒤늦게 받아서……."

"괜찮아. 어서 와, 승준아."

"한수 형이 출연하신다는 말에 냉큼 왔어요. 또 한수 형이 만드는 요리 먹을 수 있다는 거잖아요."

승준의 시선은 오로지 한수에게만 고정되어 있었다. 그런 승준을 향해 한수가 옆에 서 있는 이현재를 바라보며 말했다.

"인사드려. 앞으로 일주일 동안 선배님으로 모실 분이야."

"예? 헉."

승준이 눈을 휘둥그레 떴다. 그에게 이현재는 감히 헤아릴 수 없을 만큼 까마득한 선배였다.

일단 나이 차이가 무려 마흔여덟 살이었다. 띠동갑을 네 번 곱해야 하는 나이였다. 승준이 곧장 고개를 숙였다.

"서, 서, 선생님!"

"반가워. 자네 이름이 어떻게 되지?"

"아, 이, 이승준이라고 합니다. 처음 뵙겠습니다, 선생님."

"그래. 내 이름은 알 테고, 일주일 동안 서로서로 잘 도우면서 지내자고."

"예, 선생님. 제가 부지런히 움직이겠습니다."

그렇게 새로운 일꾼 승준까지 합류한 뒤 그들 네 명은 곧장 롬복으로 떠날 수 있었다.

롬복에 도착한 뒤 그들은 제일 먼저 승기기(Senggigi) 주변의 리조트에 짐을 풀었다.

풀빌라 리조트로 리조트 안에는 주방과 커다란 방 네 칸이, 바깥에는 풀장과 마당 등이 비치되어 있었다. 제작진과 매니저들은 그 옆 리조트에 자리를 잡았다. 그런 뒤 유 피디 뒤를 쫓아 그들은 앞으로 일주일 동안 그들이 일할 가게를 둘러보게 됐다.

지난 한 달 동안 제작진들이 원래 가게 주인으로부터 인수한 다음 깔끔하게 보수하고 개조해 둔 곳이었다. 전체적으로 화사한 풍의 가게는 유독 돋보이고 있었다.

한수나 승준은 물론 서현도 깜짝 놀랄 만큼 가게는 깔끔했고 인테리어도 훌륭했다. 지나가는 여행객들도 슬쩍 훑어보고 갈 정도로 사람들의 시선을 압도적으로 잡아끌고 있었다.

유 피디가 가게 곳곳을 둘러보고 있는 출연자들을 향해 말했다.

"테이블은 모두 네 개예요."

테이블 개수는 많지 않았다.

다 합쳐서 네 개. 한 번에 수용할 수 있는 최대 인원은 열여섯 명이었다.

"그리고 가게 컨셉에 맞게 메뉴판은 이게 전부예요."

유 피디가 주방에 놓여 있는 메뉴판 하나를 내밀었다.

메뉴판 맨 앞에는 촬영 중임을 알리는 소개 문구가 적혀 있었고 그다음 페이지에는 텅 비어 있었다.

그 대신 영어와 프랑스어, 그리고 스페인어로 각각 「무엇이든 만들어드려요」라고 적혀 있었다.

메뉴판을 둘러보던 이현재가 웃음을 터뜨렸다.

"허허, 결국 우리 쉐프님 요리 실력이 관건이겠어?"

"그건 그렇긴 한데…… 저는 한수 씨가 충분히 가능하리라고 생각해요."

그때 승준이 유 피디를 쳐다보며 물었다.

"저 피디님, 제가 뒤늦게 합류해서 잘 몰라서 묻는 건데요. 진짜 손님이 뭘 요구하든 다 만들어줘야 하는 겁니까? 만약 누가 용의 비늘로 만든 수프 같은 걸 먹고 싶다고 하면요?"

"……그런 손님은 당연히 사전에 커트할 생각이에요. 아니면 적당히 편집할 테고요. 너무 걱정하지 않으셔도 돼요. 그리고 설마 그렇게 비상식적인 손님이 찾아오겠어요?"

그러면서도 유 피디는 내심 불안한 듯 메뉴판에「장난 사절」이라는 경고 문구를 덧붙였다. 더불어 이 프로그램은 인도네시아 정부의 협조를 얻어 촬영 중이므로 무분별한 행동은 법에 저촉될 수도 있다고 적어놓은 뒤에야 한결 마음을 놓을 수 있었다.

가게를 둘러본 뒤 그들은 시장으로 향했다. 시장에서는 어떤 것들을 파는지 그런 것도 꼼꼼히 알아봐야 했다.

시장에서 멀리 떨어지지 않은 곳에는 대형 마트도 있어서 필요한 물건은 문제없이 구매가 가능할 듯했다. 게다가 제작진에서 자전거 하나를 빌려준 덕분에 그때그때 음식을 만들 때 필요한 건 승준이 마트나 시장에서 사 오는 것으로 결정이 났다.

가게 오픈은 내일부터였다.

슬슬 허기진 네 사람은 주변을 둘러보다가 가장 가까운 곳에 있는 가게로 향했다. 다른 것보다 현지 식당의 메뉴 및 분위기를 파악하는 것도 중요한 일이었다.

메뉴를 보니 돼지고기는 일체 판매가 금지되어 있었다. 인도네시아는 이슬람 국가이기 때문에 그런 것이었다. 실제로 마트나 시장에서도 돼지고기는 찾아볼 수 없었다.

그들은 메뉴판을 둘러보다가 괜찮아 보이는 음식 몇 가지를 주문했다. 얼마 지나지 않아 한 무리의 여행객들이 식당에 들어와서 음식을 주문하는 모습이 보였다.

그것들을 꼼꼼히 체크하며 한수를 비롯한 「무엇이든 만들어드려요」 출연자들은 내일 오픈을 준비하기 시작했다.

그러다가 식당 이름이 너무 긴 게 아니냐는 이야기도 간혹 오고 갔다.

「무엇이든 만들어드려요」를 식당 이름으로 하기엔 지나치게 길긴 했다. 그렇지만 어쩌면 그게 그들 식당의 정체성을 드러내는 좋은 이름이 되어줄 수도 있을 터였다.

저녁 식사가 끝이 나고 그들은 숙소로 돌아왔다. 내일부터 본격적으로 요리를 시작하고 실제로 그 요리들을 판매해야 했다.

제작진들이 필요한 건 돕겠지만 그밖의 일은 그들 스스로 해나가야만 했다.

숙소로 돌아온 뒤 내일 오픈할 음식점 준비를 최종적으로 검토하고 있을 때였다.

승준이 한수를 보며 물었다.

"한수 형, 오늘 「내가 생존왕」, 그거 IBC에서 방송하지 않아요?"

"어, 그럴걸."

2월 셋째 주로 예정되어 있던 촬영 일정이 약간 앞당겨졌고 그러면서 설 연휴와 촬영이 겹쳤다. 덕분에 한수는 또 한 번 친척들을 피해 이곳 롬복에 나올 수 있었다.

만약 촬영 일정이 앞당겨지지 않았으면 친척들과 함께 거실에 둘러앉아 「내가 생존왕」을 보고 있었을지도 몰랐다.

2018년 상반기 최고 기대작으로 평가받고 있는 「내가 생존왕」.

아마 자신이 귀국할 때쯤이면 「내가 생존왕」과 관련 있는 이야기들은 단물이 다 빠져 있을 게 분명했다.

"시청률이 얼마나 나올지 궁금하지 않아요?"

"뭐, 그래도 기본은 해주겠지. 그보다 내일 손님이 얼마나 올지 난 그게 더 걱정이야. 너는 어째 그건 하나도 걱정 안 한다?"

"형 요리 실력이 얼마나 뛰어난지 누구보다 제가 잘 아는걸요. 입소문 한번 타면 손님들이 득실득실하게 몰려들걸요?"

그런 한수의 걱정을 뒤로 한 채 날이 밝았다.

「무엇이든 만들어드려요」 식당이 개점하는 첫날이 서서히 밝아오고 있었다.

오늘은「무엇이든 만들어드려요」식당이 개점하는 날이다.

한수는 평소보다 일찍 일어났다.「퀴즈 TV」를 마스터한 덕분에 걱정거리는 덜었다. 그래도 세계 곳곳에서 온 여행자들을 상대로 장사를 한다는 게 쉬운 일은 아니었다.

한 가지 다행인 점이 있다면 마진을 남길 필요는 없다는 것이었다. 어차피 이건 방송 촬영이었고 방송 분량만 제대로 뽑아내면 되는 일이었다.

잠에서 깨고 방에서 나왔을 때 한수는 주방에 앉아 있는 이현재를 볼 수 있었다.

"선생님, 일어나셨어요?"

"늙으면 잠이 없어지거든. 사장님께서는 잘 주무셨나?"

"예? 아, 하하, 잘 잤습니다."

"그런 것 치고는 눈이 퀭한 걸 보니 밤잠을 설쳤나 보군."

한수가 그 말에 머쓱하게 웃었다.

"그게…… 아무래도 제가 메인 역할을 해야 하다 보니 좀 부담이 되는 거 같습니다."

"허허, 사장님이 벌써부터 그렇게 나약한 소리를 하면 어쩌려는 건가. 사장이 힘을 내야 직원들도 힘을 얻는 법이지. 기운 내게. 유 피디는 몰라도 황 피디가 자네를 고른 건 그럴만

한 이유가 있어서일 테니까."

"감사합니다, 선생님."

"그런 의미에서 오늘 우리 아침은 뭘 먹나?"

"……드시고 싶은 거라도 있으십니까?"

이현재가 머쓱하게 웃으며 대답했다.

"커험, 뭐, 우리 사장님이 만드는 요리라면 뭐든 환영일세."

쑥스럽게 웃는 그 모습에 한수는 환하게 미소를 지어 보일 수밖에 없었다.

코끝에 닿는 맛있는 냄새에 서현이 눈을 떴다.

식욕을 자극하는 맛있는 냄새가 점점 방 안으로 슬그머니 들어오고 있었다.

"으으으."

힘겹게 잠에서 깬 서현이 부스스한 얼굴로 침대에서 빠져 나왔다. 그리고 그녀는 제일 먼저 거울을 바라봤다.

시차 적응은 문제없지만 낯선 환경에서 잠을 잔 덕에 얼굴 상태가 말이 아니었다. 그녀는 대충 머리카락만 정돈한 다음 주방으로 나왔다. 그리고 눈을 휘둥그레 떴다.

주방에 진수성찬이 차려져 있었다. 대부분 한식이었다.

"우와! 맛있겠다. 이거 다 한수가 준비한 거예요?"

이현재가 슬그머니 고개를 끄덕였다.

물론 이현재도 도움을 주긴 했다. 서빙은 그의 몫이었다. 서현이 냉큼 한수를 돕고 나섰다. 숟가락과 젓가락을 세팅한 다음 밥솥에서 밥을 담기 시작했다.

얼마 지나지 않아 승준도 잠에서 일어났다. 그도 산발이 된 채 주방으로 나와 서현을 도왔다.

그렇게 한 끼 식사가 준비됐다. 인도네시아에서 먹는 한식이었다. 그리고 다들 말없이 아침을 먹기 시작했다.

말을 꺼내는 시간이 아까울 만큼 맛이 있었다. 특히 이현재의 반응이 유독 두드러졌다. 서현이나 승준은 「하루 세 끼」 촬영을 하며 한수가 해주는 요리를 먹었지만, 이현재는 이번이 처음 먹어보는 것이었다.

당연히 이현재 입장에서는 한수의 요리가 더 특별하게 느껴질 수밖에 없었다. 어찌나 입에 잘 맞는지, 한 공기를 순식간에 비웠는데도 여전히 허기가 졌다.

그렇게 「무엇이든 만들어드려요」 시장 사장과 직원들은 배부르게 한 끼 식사를 해치울 수 있었다.

한편 새벽부터 일어나서 출연자 숙소에 와서 촬영 중이던 「무엇이든 만들어드려요」 스태프들도 뒤늦게 식사에 참가했다. 그들을 생각해서 한수가 넉넉히 만들어둔 덕분에 요리는 충분했고 스태프들도 배부르게 한 끼 식사를 마칠 수 있었다.

곳곳에서 찬사가 일었다. 진짜 이 정도면 진지하게 연예인 그만두고 쉐프가 되어서 음식점을 차려야 하는 거 아니냐는 말까지 나올 정도였다.

유 피디도 한수의 요리를 먹으며 환하게 미소를 지었다. 누가 뭐라 해도 한수를 이번 프로그램의 메인으로 내세운 건 최고의 선택이 될 게 분명했다.

자신이 「무엇이든 만들어드려요」 기획안을 만들고 누굴 섭외할지 고민할 때 황 피디가 했던 조언이 새삼스럽게 다시 생각났다.

황 피디가 한창 「하루 세끼」 촬영 중일 때였다. 그때도 한수는 유독 남다른 모습을 보이고 있었다. 그리고 기획안을 두고 고민하는 자신에게 황 피디가 서슴없이 추천한 사람이 바로 한수였다.

처음에만 해도 유 피디는 왜 황 피디가 한수를 추천했는지 납득하기 어려웠다. 그래도 인지도가 있는 연예인을 전면에 내세우는 게 시청자를 끌어모으는 데 있어서 가장 중요한데 강한수는 이때만 해도 무명이나 다름없어서였다.

그가 출연한 프로그램은 고작 두 개뿐이었고 「하루 세끼」에서 좋은 모습을 보여주고 있었지만 아직까지는 요리나 다른 것보다 노래로 더 알려져 있었다.

유 피디에게는 이번 「무엇이든 만들어드려요」가 입봉작이었다. 당연히 이왕이면 한류 스타까지는 아니어도 국내 톱스타를 원할 수밖에 없었고 그런 점에서 한수는 조연이면 모를까 메인으로 내세우기엔 아쉬움이 많았다.

실제로 한수를 캐스팅한 뒤 그다음 출연자를 섭외하는데 적지 않은 어려움이 들었던 것도 사실이었다.

한수를 메인으로 내세우는 프로그램이 얼마나 경쟁력이 있을까 의문부호를 던지는 사람들이 많아서였다.

그러나 이제는 아니었다. 유 피디는 흐뭇한 얼굴로 한수를 바라봤다. 처음에 가지고 있던 불신은 온데간데없이 사라졌다.

그러고 보니 대중평론가인지 뭔지 하는 사람이 한수를 가리켜 한 말이 생각났다.

'예능 치트키라고 했던가?'

그랬다. 분명 그때 그가 자신의 논평에서 남긴 말이 그거였다.

예능 치트키.

그런 치트키를 손에 쥐고 있는데도 살리지 못한다면? 그건 빼지도 박지도 못한 자신의 실력 부족이라고 봐야 했다. 또한, 그것은 유 피디가 더 바쁘게 움직일 수밖에 없는 이유이기도 했다.

한수가 정성껏 요리한 아침 식사로 배를 든든하게 채운 뒤 그들은 곧장 마트와 시장으로 향했다.

손님들이 무슨 요리를 주문하든 그걸 만들어내는 게 이번 식당의 컨셉이었지만 애초에 만드는 게 불가능한 요리를 만들 수는 없는 일이었다.

일단 이슬람권 국가이기 때문에 돼지고기로 만들어야 하는 요리는 일체 만들 수 없었다. 또, 그날 주문을 받고 그날 만들어 파는 식당이기 때문에 수비드 꼬숑 같이 오랜 시간 조리해야 하는 음식도 판매할 수 없었다.

그뿐만 아니라 그 나라 특유의 향신료가 들어가는 음식들도, 그 향신료가 없으면 요리가 완성이 불가능하기 때문에 만드는 게 불가능했다.

어쨌든 그런 것들은 배제한 채 한수와 승준은 우선 시장부터 구석구석 돌기 시작했다.

곳곳에 신선한 채소들이 즐비했다. 승준이 무턱대고 대파를 들어 올렸을 때였다. 한수가 고개를 저으며 그 옆에 있는 것을 가리켰다.

"응? 왜요?"

"저게 더 신선한 거야."

"아, 예."

힘 좋은 일꾼 승준을 이용해서 넉넉하게 장을 봐온 다음 그들은 마트에 들러 시장에는 없는 물건을 추가로 구매했고 곧장 식당으로 돌아왔다.

서현은 앞치마를 두른 채 밑 준비 중이었다. 밥을 짓고 당면을 불려두고 그밖에 주방을 효율적으로 쓸 수 있게 배치 중이었다.

이현재 역시 단정한 옷차림을 한 채 본격적으로 서빙할 준비를 하고 있었다.

장사를 시작하기 10분 전.

출연자들은 물론 제작진들까지 다들 모여 파이팅을 크게 외쳤다. 그렇게 서로 기운을 불어넣은 뒤 본격적인 영업이 시작됐다.

한수는 주방에서 비장한 기운을 내뿜으며 손님이 오길 기다렸다. 그러나 길을 지나가는 관광객들은 슬쩍 가게를 훑어보고는 바쁘게 갈 길을 갔다.

열심히 빗자루로 가게 앞을 청소하던 승준이 관광객을 슬쩍 둘러보다가 아무도 오질 않자 이현재를 쳐다보며 물었다.

"선생님, 왜 아무도 안 오는 걸까요?"

"왜겠니?"

"글쎄요."

"신규 가게에 메뉴판도 없고, 불안하니까 못 오는 게다. 이 음식점이 트립 어드바이저 같은 곳에 소개된 곳도 아니니까."

정보화 시대다.

손님들은 이제 구글 지도를 보고 음식점 정보를 찾아서 맛집을 찾아간다. 그렇다 보니 오랜 시간 손님이 찾아가는 유서 깊은 맛집이 인기를 끌 수밖에 없다.

물론 간혹 바이럴 마케팅으로 뜨는 곳도 있긴 하지만 그런 경우 대부분은 금방 문을 닫기 일쑤였다.

그렇다 보니 한수가 방금 막 문을 연 「무엇이든 만들어드려요」는 인지도에서 여러모로 뒤처질 수밖에 없다. 하다못해 제대로 된 메뉴판이라도 있으면 호기심으로 들어올 수도 있을 텐데 그런 것도 아니니까 손님들이 발걸음을 들여놓길 꺼려 할 수밖에 없었다.

베이스캠프에서 상황을 지켜보고 있던 유 피디가 입술을 깨물었다. 야심 차게 준비했는데 생각보다 반응이 저조했다.

그렇다고 제작진이 개입하면 그 즉시 리얼리티는 깨지게 된다.

방송은 연출이고, 어느 정도 제작진이 개입할 여지가 있는 것도 맞지만 유 피디는 이번 프로그램에서 가급적 제작진의 개입을 줄이려 하고 있었다.

그녀도 황 피디가 주장한, '최고의 예능은 다큐멘터리다'라는 말에 적지 않게 공감하고 있었기 때문이다.

어젯밤 그녀는 황 피디에게 설 연휴 특집 파일럿 프로그램들의 시청률 성적표를 전해 들었다.

"그냥 압살이야. 다른 거 전부 다 찍어눌러 버렸어."

황 피디는 고개를 절레절레 저었다. 「자급자족 in 정글」을 5년째 이끌어오고 있던 박 피디가 오랜 시간 기획하고 숙원하던 프로그램이라는 건 알고 있었다. 그러나 시청자들의 반응은 예상했던 것 이상이었다.

그들은 정글에 낙오되고 그곳에서 생존하기 위해 나무를 기어오르고 수풀을 헤치고 독사와 조우하기도 하고, 이런 출연자들의 서바이벌을 보며 푹 빠져들었다.

평소 황 피디가 이야기하던 '최고의 예능은 다큐멘터리다'라는 그것이 여지없이 들어맞은 것이었다. IBC에서 설 연휴 특집 프로그램으로 내보낸 「내가 생존왕」.

한수와 베어 그릴스, 철만이 출연한 「내가 생존왕」의 1화 시청률은 24.7%였다. 그동안 뜨거웠던 시청자들의 관심이 거짓이 아님을 알 수 있는 대목이었다.

그래서일까.

그동안 「자급자족 in 정글」이 주춤거리며 예능 왕국이라는 간판을 내려야 하는 게 아니냐는 말까지 들었던 IBC는 오랜만에 기분 좋게 웃어 보일 수 있었다.

더군다나 「자급자족 in 정글」도 한수가 출연하면서 요즘 들어 시청률이 꾸준히 상승 중이었다. 그렇다 보니 TBC에서도 유 피디한테 적잖은 기대를 걸고 있었다.

황금사단이라 불리는 황 피디 소속의 유 피디가 예능 치트키로 불리는 강한수를 메인으로 내세워 찍는 프로그램이었으니까.

"휴, 사람 좀 와라. 제발."

유 피디는 음식점 안을 비추고 있는 카메라를 보며 자신도 모르게 손을 모았다.

한수의 요리 실력을 믿고 이번 방송을 기획했다.

딱 한 팀.

여행객 한 팀만 오면 충분했다.

그러면 한수가 요리로 그들을 홀릴 게 분명하고 그들이 퍼뜨리는 입소문이 사방으로 퍼져나갈 게 분명했다.

그러나 좀처럼 손님이 들어오려 하질 않고 있었다.

조연출 한 명이 유 피디를 향해 말했다.

"저, 감독님. 차라리 호객행위라도 하면……."

유 피디가 눈매를 좁히며 그를 노려봤다. 그건 절대 있을 수 없는 일이었다. 조연출이 침을 꿀꺽 삼켰다.

성난 암사자가 자신을 노려보고 있는 것만 같았다. 가만히 상황을 지켜보던 황 피디가 웃으며 말했다.

"부담 갖지 마. 한 팀만 오면 돼. 그 기다림이 조금 긴 것뿐이야."

"그래도…… 진짜 힘드네요."

유 피디가 퀭한 눈동자로 한숨을 푹푹 내쉬었다.

"어? 드, 들어가는데요?"

"뭐가?"

"소, 손님이요! 저기요!"

가게 앞에 나와 거리를 두리번거리고 있던 이현재와 대화를 나누던 서양인 커플 한 쌍이 쾌활하게 웃더니 가게 안으로 들어가는 모습이 카메라에 잡혔다.

유 피디가 자신도 모르게 소리쳤다.

"오 하느님 맙소사!"

첫 손님이「무엇이든 만들어드려요」식당에 들어온, 감격적인 순간이었다.

에릭과 에밀리는 프랑스인이었다.

두 사람은 휴가를 맞이해서 어디론가 멀리 떠나고 싶었고 그래서 휴양을 가고자 했다. 함께 머리를 맞대며 휴양지를 찾아봤고 고민 끝에 롬복이라는 곳을 골랐다.

원래 발리를 갈까도 생각했지만 발리는 여행객이 너무 많았기 때문에 휴양이라는 느낌이 들지 않는 게 문제였다.

그래서 조금 더 한적한 발리라는 평가가 있는 롬복으로 놀러 왔고 오늘은 롬복으로 온 지 나흘째 되는 날이었다.

이틀 뒤 귀국을 앞두고 있는 상황에서 그들은 괜찮은 음식점을 찾아 헤매고 있었다.

롬복은 아직 훼손되지 않은 자연 풍경도 그렇고, 깨끗한 사파이어빛 바다도 그렇고 여러모로 그들에게는 무척 만족스러운 휴양지였다. 게다가 물가도 저렴하다 보니 롬복은 천국이었다. 하지만 한 가지 아쉬운 점이 있다면 그건 먹을거리였다.

이국적인 음식을 그동안 마음껏 먹은 건 좋았지만 슬슬 고향 음식이 생각나고 있었다. 무엇보다 프랑스 하면 떠오르는 게 바로 맛있는 요리였다.

두 사람은 자신의 입맛을 확 사로잡을 그런 레스토랑을 찾고 있었다. 그러나 이곳 휴양지에는 고만고만한 요리뿐이었다. 그들의 입맛을 사로잡을 수 있는 음식점을 찾아낼 수 있을지 걱정이 많았다.

정 안 되면 그동안 머무르며 그나마 괜찮았던 레스토랑을 찾아가려 할 때였다.

"에밀리, 저기 봐. 보여?"

"응? 뭔데?"

"무엇이든 만들어준다는데? 새로 연 레스토랑인가 봐."

"그래? 어제만 해도 저런 곳이 있던가?"

에밀리가 고개를 갸웃거렸다.

에릭이 스마트폰을 켰다. 그리고 구글로 검색하던 검색 결과를 확인한 뒤 고개를 절레절레 저었다.

"아니, 그 어디에도 정보가 없어. 이제 막 오픈한 곳인가 봐. 어때? 한번 가볼까?"

"음…… 괜찮을까? 난 믿기 어려운데? 그냥 다른 곳에 가는 게 어때?"

그러나 에릭은 호기심이 동한 듯 그런 에밀리를 잡아끌었다.

"또 모르지. 진짜 근사한 쉐프가 엄청 맛있는 요리를 만들어줄 수도 있지 않겠어? 한번 가보자고. 정 안 되면 간단한 요리 하나 시켜서 나눠 먹고 추가로 주문하면 되잖아."

철없는 초등학생처럼 행동하는 에릭을 보던 에밀리는 한숨을 내쉬며 고개를 끄덕였다.

"좋아. 그러면 한번 가 봐. 대신 맛없으면 돈은 네가 내야 해."

"흠, 좋아. 그러자고."

에릭과 에밀리는 가게 앞으로 다가갔다. 가게 앞에서는 중후해 보이는 동양인 신사가 주변을 두리번거리고 있었다. 에릭이 영어로 말을 꺼냈다.

"실례합니다."

"아, 말씀하시죠."

"혹시 이 레스토랑에서 근무하십니까?"

"그렇습니다, 어디서 오셨습니까?"

"아, 저하고 에밀리는 프랑스에서 왔습니다. 근사한 레스토랑을 찾아보고 있었습니다."

그 말에 이현재가 능숙한 프랑스어로 말을 꺼냈다.

"오, 그럼 잘 오셨습니다. 우리 레스토랑의 쉐프로 말할 것 같으면 재료만 있다면 어떤 요리든 만들어내는 분이거든요. 허허, 두 사람은 오늘 이 레스토랑에 오게 된 걸 정말 행운으로 생각하게 될 겁니다."

에릭과 에밀리의 눈빛이 바뀌었다. 그 전까지만 해도 불신에 가까웠던 눈빛은 능숙하게 프랑스어로 접대를 해오는 이현재 때문에 조금 느슨하게 풀린 상태였다.

가만히 카메라로 그 모습을 보고 있던 유 피디가 주먹을 불끈 쥐었다. 끈질긴 설득 끝에 이현재를 섭외한 그 효과를 지금 보게 된 것이었다.

결국, 이현재의 프랑스어 실력 덕분에 첫 번째 손님이 「무엇이든 만들어드려요」 식당에 들어오게 됐다. 그들은 깔끔한 인테리어를 보며 가볍게 감탄을 토해냈다.

곳곳에 자리 잡은 자그마한 소품들도 그 멋을 더하고 있었다.

"이거 사진 좀 찍어도 될까요?"

카운터 주변에서 서성거리고 있던 승준이 환하게 웃으며 말했다.

"물론이죠."

에밀리가 식당 주변을 두리번거리며 DSLR 카메라로 사진을 찍고 있는 사이 식당 곳곳에 설치되어 있는 카메라를 확인할 수 있었다. 그것은 에릭도 마찬가지였다.

에릭이 승준을 보며 프랑스어로 물었다.

"여기 설치되어 있는 이것들은 전부 다 뭐 때문입니까?"

그러나 승준은 프랑스어를 할 줄 몰랐다. 그가 버벅거리자 에릭이 다시 입을 열었다. 이번에는 영어로 물어볼 생각이었다. 그때 주방에서 한수가 걸어 나와 프랑스어로 대답했다.

"지금 우리는 방송을 촬영하고 있습니다. 한국에서 방송 예정 중인 코미디 프로그램입니다. 그 메뉴판을 보시면 자세하게 설명이 되어 있을 겁니다. 부담되신다면 레스토랑을 이용하지 않으셔도 됩니다. 그 대신 여러분은 가장 맛있을 점심 식사를 놓치게 될 겁니다."

부드러우면서도 단호한 말에 에릭이 흥미로운 얼굴로 한수를 바라봤다.

"그렇군요. 그러면 당신은 한국의 연예인인 겁니까?"

"그렇습니다. 여기 있는 모든 사람은 한국의 연예인입니다. 방송 촬영 때문에 이곳에 와 있습니다."

"며칠 전에도 이 주변을 들렀지만, 그때만 해도 저는 이 레스토랑을 본 적이 없습니다. 오픈한 지 얼마 안 된 모양이군요."

"하하, 그렇습니다. 오늘 막 오픈했습니다. 그리고 여러분이 제 식당의 첫 손님이기도 합니다."

"그런가요? 음, 조금 전 말은…… 당신이 이 레스토랑의 오너 쉐프인 겁니까?"

에릭이 혹시나 하는 얼굴로 한수를 쳐다봤다.

그는 이런 곳의 오너 쉐프를 맡기엔 너무 어려 보였기 때문이다. 물론 세상에는 적잖은 천재들이 있고 개중에는 요리의 천재도 있긴 하겠지만 조금 전 그의 말에 의하면 그 역시 한국에서 활동 중인 연예인이었다.

연예 활동과 요리 활동을 동시에 하면서 이십 대 초반의 나이에 자신의 이름을 내건 레스토랑을 가질 수 있을 리가 없었다.

에릭의 의문은 당연한 것이었다. 그는 저 주방 안에 진짜 쉐프가 있을 것이라고 추측하고 있었다.

그러나 한수는 그런 에릭의 질문에 곧장 대답을 이었다.

"그렇습니다. 제가 이 레스토랑의 오너 쉐프입니다. 그리고 여러분들을 위해 근사한 점심 식사를 준비할 생각입니다."

"허허, 믿기 어렵군요. 당신은 오너 쉐프를 맡기엔 너무 젊어 보입니다."

"그러나 실력 하나는 확실한 편이죠."

에릭은 소모성에 불과한 말싸움을 접었다.

"좋습니다. 기대해 보겠습니다."

그리고 그는 승준에게 메뉴판을 건네받았다.

메뉴판 첫 번째 페이지에는 지금 이것은 한국에서 방송될 예정 중인 코미디 프로그램을 위해 녹화 중이며 이곳에서 식사하게 될 모든 장면은 방송에 내보내기 위해 편집 이후 쓰일 수 있음을 밝혀두고 있었다.

에릭이 에밀리를 보며 물었다.

"방송에 나올 수도 있다는데? 괜찮을까?"

"뭐, 문제없지 않을까? 우리가 죄를 지은 것도 아니잖아."

"그래. 그럼 한번 주문해 볼까? 어떤 거 먹을까? 무엇이든 다 만들어준다고 하잖아."

에밀리는 싱긋 미소를 지었다. 마치 개구쟁이를 보는듯한 그 미소에 에릭도 웃음을 터뜨렸다.

"푸아그라 어때?"

"음, 캐비어를 올린 스테이크를 만들어달라고 할까?"

"홍합도 있나? 우리 집 근처에 있는 레옹 드 브뤼셀 있잖아. 거기서 파는 홍합 요리가 갑자기 생각나네."

"진짜 궁금하긴 궁금하다. 정말 어떤 요리든 다 만들어낼 수 있는 걸까? 그러려면 세계 각국의 요리를 전부 다 알고 있어야 한다는 거잖아."

"뭐, 확인하는 방법은 있지."

"그래, 주문하면 알 수 있겠지."

에릭과 에밀리는 서로를 바라보며 웃다가 승준을 불렀다.

"주문하고 싶은데요."

"예. 말씀하세요, 그전에 하나 말씀드릴 게 있습니다."

"그게 뭐죠?"

"메뉴판에도 적혀 있지만 모든 요리를 만드실 수는 있지만, 그 나라의 향신료라든가 그 나라에서 나는 재료로 만들어야 하는 요리라면 그건 주문해 주시는 분들께서 직접 준비를 해 주셔야만 합니다."

"……음, 그렇겠죠. 이해해요."

"그 점을 염두에 두고 주문해 주셨으면 좋겠습니다."

"좋아요. 어떤 재료가 있는지는 알 수 없으니까 그냥 편한 걸로 시킬게요. 프랑스 코스 요리로 해서 두 개 부탁드려요."

두 사람이 주문한 건 「쉐프의 코스」였다. 한수에게 모든 선택을 맡기겠다는 의미이기도 했다. 승준이 고개를 끄덕인 뒤 주방으로 향했다.

가만히 그 모습을 보던 에릭과 에밀리가 서로 말을 주고받았다.

"주문은 했는데…… 가격은 어떻게 되는 거지?"

"이러다가 우리 코 꿰이는 거 아니야?"

"그러게. 진짜 엉망진창인 레스토랑이네. 호호, 이래서 더 재미있는 거 같지만 말이야."

"일단 기다려볼까? 그래도 기대는 돼. 특히 아까 그 남자, 진짜 자신감 넘쳐 보였거든."

에밀리 말에 에릭이 고개를 끄덕였다. 확실히 그의 말에서는 자부심 같은 걸 느낄 수 있었다. 그 정도 자신감이 있는 남자라면 기본 이상의 요리는 해낼 게 분명했다.

그래도 이런 이국에서 프랑스 요리를 맛볼 수만 있다면, 그럴 수 있다면 그것만으로도 충분히 만족하고 기꺼이 비싼 돈을 낼 용의가 있었다.

이제 남은 건, 길고도 긴 기다림이었다.

한수는 승준의 오더를 듣고 눈을 빛냈다.

생각지도 못한 주문이었다.

그러나 나쁜 아이디어는 아니었다.

「쉐프의 코스」로 해서 메뉴판에 딱 하나의 메뉴를 넣어두는 것도 나쁘지 않을 듯했다.

기본 코스는 프랑스 요리의 코스를 따르되 만약 다른 국가의 음식을 먹고 싶다면 원하는 국가의 요리를 메인으로 해서 만들면 될 것 같았다.

한수는 주방에 준비되어 있는 각종 재료를 확인했다.

그리고 그는 머릿속에서 떠돌아다니고 있는 「퀴진 TV」를 통해 본 여러 조리법을 생각하다가 가장 마음에 드는 조리법 하나를 떠올렸다.

르 꼬르동 블루를 수석 졸업한 김경준 쉐프가 방송에 나와 소개한 적 있는 코스 요리이기도 했다.

그것을 지금 주방에 있는 식재료를 적절히 응용해서 내놓을 생각이었다.

그러는 동안 승준은 두 사람이 앉아 있는 테이블에 물티슈를 내놓았다. 한수는 본격적으로 요리를 시작했다.

아무래도 이곳은 섬인 만큼 생선이 많았고 그런 만큼 생선 위주의 코스 요리를 준비할 생각이었다.

제일 먼저 한수는 아뮤즈 부쉬를 만들기 시작했다.

그가 먼저 만들기 시작한 건 퓨레(Purée)였다. 퓨레는 각종 채소나 곡류를 삶아 걸쭉하게 만든 것으로 그가 선택한 건 감자였다.

감자 퓌레에는 연어 알과 해초, 블랙페퍼 등을 넣고 부드럽게 삶아냈다. 그러는 한편 그 위에는 고수와 라임을 살짝 뿌린 생굴을 올려냈다.

옆에 있던 서현은 느릿한 솜씨이긴 해도 차근차근 준비를 돕고 있었다. 그렇게 아뮤즈 부쉬가 완성이 됐고 승준은 재빠르게 두 접시를 주방에서 가지고 나왔다.

그런 뒤 이현재가 두 접시를 각각 에릭과 에밀리 테이블 위에 올려놓으며 말했다.

"아뮤즈 부쉬입니다."

"음, 설명 좀 부탁드릴 수 있을까요?"

"물론입니다. 연어 알과 해초, 블랙페퍼 등을 넣고 부드럽게 삶아 걸쭉하게 만든 감자 퓌레 위에 고수와 라임을 살짝 뿌려서 조리한 제철 굴을 올렸습니다."

두 사람은 미소를 지어 보인 뒤 한수가 만든 아뮤즈 부쉬를 카메라로 담아냈다.

맛있는 냄새를 솔솔 풍기는 감자 퓌레 위에 알록달록 빛나는 굴 껍데기가 놓여 있었고 그 안에는 라임과 고수를 뿌려 조리한 생굴이 담긴 상태였다. 예쁘장하게 플레이팅된 아뮤즈 부쉬를 보며 두 사람은 곧장 포크를 가져갔다.

제일 먼저 입에 넣은 건 생굴이었다. 그리고 에밀리는 자신도 모르게 탄성을 흘렸다. 완벽한 요리였다.

식도를 타고 굴이 미끄러지듯 위 속으로 빨려 들어가는 것만 같았다. 그것도 잠시 그녀는 이번에는 그 아래 깔린 감자 퓨레를 살짝 포크로 긁어 먹어봤다.

부드러우면서 감칠맛 넘치는 맛이 확 다가왔다. 두 사람이 정신없이 아뮤즈 부쉬를 먹고 약간의 시간이 지났을 때 한수가 조리한 메인 요리가 나왔다.

그건 유정란과 파프리카 소스를 곁들어 먹는 도미구이였다. 레드 스내퍼(Red Snapper)라고도 불리는 붉돔의 비늘을 벗긴 뒤 내장을 빼고 그 껍질을 바짝 익힌 음식이었다.

조리 방법대로 바삭하게 씹히는 데 그 밑 살코기를 촉촉하게 하여 기름진 살코기가 보들보들한 식감을 더해주었다.

"······."

"······."

메인 요리까지 맛본 뒤 두 사람은 서로를 바라봤다.

이 정도면 그들이 살고 있는 파리에서도 쉽게 맛볼 수 없는 고급 요리였다.

지금 두 사람이 동시에 든 생각은 하나였다. 이 요리에 대한 가격으로 도대체 얼마를 매겨야 하냐는 점이었다.

두 사람의 표정이 어두워졌다. 그걸 못 느낄 승준과 현재가 아니었다. 어쩔까 생각하던 이현재가 슬쩍 테이블로 가서 말을 꺼냈다.

"요리는 입맛에 맞으십니까?"

에릭이 쩔쩔매며 말했다.

"다, 당연하죠. 이런 요리가 맛이 없다면 파리에 있는 음식점 중 우리가 다녀온 곳은 전부 다 문을 닫아야 할 겁니다."

과장 섞어 말하는 에릭 모습은 조금 웃기기까지 했다. 그래도 한수를 칭찬하는 말에 이현재가 환하게 미소를 지었다.

"맛있게 즐기고 있으시다니 다행이군요. 불편한 점은 없으십니까?"

"에, 그게……."

에릭이 머뭇거렸다. 그때 에밀리가 이현재를 보며 물었다.

"하나 여쭤볼 게 있어서요. 아까 메뉴판에는 아무것도 적혀있질 않았거든요. 그렇다 보니 조금 걱정이 돼요. 이 코스 요리의 가격, 얼마인 거죠?"

"……어, 음, 쉐프에게 물어보고 오겠습니다."

이현재는 두 남녀의 얼굴이 새파랗게 질린 이유를 알 수 있었다. 한수가 만들고 있는 요리의 퀄리티가 너무 높았다. 반면에 그들은 어디까지나 관광객이다.

물론 식도락을 즐기는 여행객들도 있지만 그렇지 않은 여행객들도 있다. 미슐랭 3스타 레스토랑만 찾아다니는 관광객들도 있지만 숨은 맛집이나 가격이 저렴한 레스토랑만 골라

가는 관광객도 있게 마련이다.

아마도 이들은 후자일 터였다. 그들이 만약 전자였다면 애초에 이 레스토랑에 들어오지도 않았을 것이다.

오히려 가볍게 생각하고 왔다가 큰 코를 얻어맞은 셈이다.

이현재는 주방으로 들어왔다. 주방에서 한수는 섬세하게 데코레이션을 만들고 있었다. 그 모습을 보고 있는 서현의 눈에는 하트가 가득 담겨 있었다.

이현재가 혀를 찼다. 아마도 여기서 일주일 정도 촬영하는 동안 서현은 한수에게 푹 빠질 것 같았다. 그러나 저렇게 다재다능한 데다가 사람의 마음을 홀려내는 요리까지 만들 줄 아니 누구라도 매력을 느낄 것 같았다.

이현재는 두 사람을 보다가 헛기침을 흘렸다.

"험험."

디저트를 만들고 있던 한수가 이현재를 바라보며 물었다.

"선생님, 무슨 문제라도 있습니까?"

"글쎄, 지금 홀에 있는 저 프랑스인 커플들이 말이야."

"제 음식에 문제가 있다고 하던가요?"

한수는 자신의 요리 과정을 되새겨봤다. 요리 과정에는 아무런 문제도 없었다. 그러자 이현재가 손사래를 치며 말했다.

"그런 건 아닐세. 오히려 자네 요리가 맛이 없다면 파리에서 다닌 레스토랑은 죄다 문을 닫아야 할 거라고 하더군."

"정말요? 우와! 진짜 극찬이네요."

한수가 만드는 요리를 보며 계속해서 군침을 삼키고 있던 서현이었다. 그녀가 탄성을 토해냈다. 그러다가 접시 위에서 예술처럼 빛나는 디저트를 보며 아쉬운 표정을 지었다.

지금 당장 돈을 사고 한수가 만든 코스 요리를 맛보고 싶었다. 방송 중이라는 게 너무 아쉬울 정도였다.

"다행이네요."

"그보다 자네한테 하나 물어보고 싶은 게 있어서 말이야."

"예. 말씀하시죠, 선생님."

"이 요리 말일세. 값을 얼마나 매길 생각인가?"

웬만한 레스토랑에서도 쉽게 먹기 힘든 요리였다. 보통 이 정도 코스 요리라면 국내에서는 못해도 한화로 10만 원, 인도네시아 돈인 루피아로 치면 120만 루피아 정도 된다고 봐야 한다.

"음, 한국에서였으면 못해도 십만 원은 받아야 했겠죠? 그런데 그렇게 하면 장사가 전혀 안 될 거 같은데요? 여기 오는 사람은 대부분 관광객이잖아요. 그리고 이 주변 음식점은 비싸 봐야 20만 루피아 정도였고요."

인도네시아 현지인들은 한 달 월급이 200만에서 300만 루피아(한화 약 18만 원~26만 원) 정도다. 그들이 한 끼 식사로 20만 루피아 하는 요리를 먹기 쉬울 리가 없다.

그렇다 보니 대부분의 음식점은 가격이 좀 저렴한 편이다. 한수도 비싼 돈을 받고 싶은 생각은 없었다. 애초에 마진을 남길 걸 생각하고 온 게 아니었다.

　그들이 이곳에 진짜 장사를 하러 온 것이라면 100만 루피아, 아니, 150만 루피아 정도는 받아야겠지만 일주일 동안 보다 더 많은 관광객을 유치해서 방송 분량을 뽑아내야 할 필요가 있었다.

　그것도 잠시 한수가 머리를 맞대고 가격 고민 중인 현재와 서현을 보며 말했다.

　"제작진하고도 한 번 이야기해 봐야 하지 않을까요?"

　그들이 전적으로 결정지을 수는 없는 문제였다. 한수가 제작진에게 전화를 걸었다. 유 피디가 곧장 전화를 받았다. 그들도 카메라를 통해 무슨 일이 벌어지고 있는지 알고 있었다.

　-저는 한수 씨가 받고 싶은 가격을 받는 게 맞다고 생각해요.

　"진심이십니까?"

　-예, 한수 씨라면 적절한 가격을 제시할 수 있을 거라고 생각하거든요. 어차피 여기서 평생 장사할 것도 아니고 딱 일주일 장사하는 거잖아요. 그에 맞는 가격을 받으면 될 거 같아요.

　한수가 만든 코스 요리에서 가장 많은 비용을 차지하는 건 한수의 인건비라고 할 수 있었다. 결과적으로 한수가 선택을 내려야 할 문제였다.

그리고 한수가 결정을 내렸다.

그는 직접 디저트가 담긴 두 접시를 들고 주방에서 나와 테이블로 향했다.

자신이 처음으로 만든 코스 요리를 즐겨준 두 명에게 직접 디저트를 대접하고 싶었다.

한수를 알아본 에릭이 환하게 웃으며 말했다.

"아까 전 당신을 의심했던 걸 사과할게요. 오늘 당신의 요리는 정말 환상적이었어요."

"감사합니다. 이건 디저트입니다."

그는 디저트를 그들 테이블 위에 올려뒀다. 그들은 형형색색 빛나는 디저트를 보며 가볍게 탄성을 흘렸다.

그것도 잠시 그들이 침울한 얼굴로 한수를 보며 물었다.

"당신이 이곳의 오너 쉐프라고 하니까 물어볼게요. 오늘 우리가 먹은 코스 요리의 가격은 얼마인 거죠?"

"두 분께서는 얼마 정도까지 내실 의향이 있으신가요?"

역으로 물어보는 한수의 질문에 두 사람이 곰곰이 생각에 잠겼다.

"솔직하게 말하겠습니다. 오늘 먹은 코스 요리는 제가 여태 먹었던 그 어떤 코스 요리보다 더 맛있는 요리였습니다. 그것을 생각한다면 300유로를 내도 아깝지 않을 거 같습니다."

에릭이 꺼낸 말에 에밀리는 자신도 모르게 눈을 휘둥그레 떴다.

300유로.

한화로 치면 40만 원에 가까운 돈이다.

한 끼 식사로 그 정도 돈도 지불할 용의가 있다고 밝힌 것이었다. 그것도 잠시 에밀리는 조금 전 에릭이 한 말을 생각하며 고개를 끄덕였다.

한 끼 식사로 300유로를 낼 수 있을 만큼 그들이 오늘 맛본 건 환상적이었다. 그런 두 사람을 보며 한수가 미소를 지었다.

이들이 오늘 한 말은 한수에게 있어서는 정말 뜻깊은 것이었다. 지금 그들은 지금 한 끼에 40만 원을 내고도 이 요리를 먹을 용의가 있다고 이야기한 것이나 마찬가지였다.

"아까도 말씀드렸지만, 저흰 이곳에서 일주일 정도 촬영을 할 겁니다. 그동안 많은 관광객이 우리가 운영하는 레스토랑을 찾아와서 요리를 즐기고 행복한 추억을 남겼으면 합니다. 촬영의 목적도 그런 것이었고요. 다행히 우리 제작진은 이익을 남기지 않아도 된다는군요."

한수가 계산서를 내밀었다.

「쉐프의 코스」 2개, 각각의 가격은 40만 루피아였다.

인당 한화로 3만 원, 유로로 치면 25유로밖에 안 되는 돈이었다.

계산서를 본 에릭과 에밀리는 그것을 보며 입을 쩍 벌릴 수밖에 없었다.

그것도 잠시 그들은 한수를 향해 달려들었다.

졸지에 서양인 커플에 안긴 한수가 어색하게 웃어 보였다.

하지만 그는 지금 이 모습을 보며 깨달았다.

이번에도 대박이 나리라는 건 분명하다는 것을.

「무엇이든 만들어드려요」 식당이 처음으로 손님을 받는 데 성공하고 첫 코스 요리를 대접했을 무렵 한국은 프로그램 하나 때문에 여전히 시끌벅적했다.

「내가 생존왕」은 설 연휴 특집 파일럿 프로그램 중 독보적인 인기를 구가했다.

누군가는 베어 그릴스를 섭외해서 「내가 생존왕」 2화, 3화를 연속해서 찍어야 한다고 주장하기도 했다. 그러나 이 인기가 단발에 그칠지 계속 이어질지는 아직 알 수 없는 일이었다.

게다가 촬영 비용도 만만치 않은 만큼 IBC 경영진도 부담을 느끼고 있었다. 한편 회의실 안에서 「내가 생존왕」 1화 재방송을 보고 있던 사람들이 있었다.

방송이 끝난 뒤 젊어 보이는 이십 대 초반의 여성이 입을 열었다.

"저 남자예요?"

"어, 맞아."

"진짜 가능할까요?"

"음, 이거 한번 볼래?"

삼십 대 후반의 사내가 다른 영상을 재생했다.

그건 「숨은 가수 찾기」 윤환편과 임태호편에 나와서 한수가 우승을 차지하는 영상이었다.

두 편 모두 그 누구도 예상하지 못했을 만큼 한수의 모창 실력은 완벽에 가까웠다.

"진짜 잘 부르긴 하네요."

"그러니까. 뭣보다 두 사람 발성이나 창법이 전혀 다르다는 게 더욱더 웃긴 거지."

국보급 보컬리스트라고 불리는 임태호는 믹스보이스를 낸다. 반면에 윤환은 생목에 가까운 진성이다.

이 두 명의 창법은 전혀 다르다. 물론 오랜 시간 꾸준히 노래를 부르고 연습해 온 보컬리스트라고 한다면 두 사람의 창법을 각각 흉내 내어 부르는 게 가능할 수 있다.

그러나 겉으로 보이는 한수의 나이는 이십 대 초반이다. 그가 윤환 편에 이어 임태호 편에서도 연달아 우승을 차지했을 때 가요계 관계자 대부분이 경악했던 건 한수의 나이 때문이었다.

현재 국내 가요계 음원 시장은 아이돌이 장악하고 있었다. 특히 수많은 여덕들을 거느린 남자 아이돌이 극강을 이뤘고 굵직굵직한 걸그룹들이 그 아래를 차지하고 있었다.

반면에 솔로 가수들은 예전처럼 힘을 쓰지 못했다.

임태호나 윤환은 워낙 유명하고 또 그만큼 노래를 잘 부르다 보니 남달랐지만, 대부분의 솔로 가수들은 음원 순위 10위권에도 들지 못하다가 순식간에 차트에서 광탈당하기 일쑤였다.

그런 상황에서 음원이 발매됐다 하면 차트 상위권에 줄 세우기를 해내는 여가수가 몇 있었다.

권지연은 그 여가수 중 한 명이었다. 게다가 그녀는 유일한 이십 대 솔로 여가수이기도 했다.

현재 그녀가 소속사에서 여러 팀장들 함께 한수의 동영상을 지켜보고 있는 이유는 단 하나, 새로운 앨범 때문이었다.

이번에 그녀는 새 앨범 준비를 하며 콜라보레이션도 생각하고 있었다.

윤환이나 임태호도 그 대상 중 하나로 꼽혔지만, 그 두 명은 권지연과 나이 차이가 너무 컸다.

그렇다 보니 권지연이 원하는 건 자신 또래의 가수 중에서 가창력이 뒷받침되는 그런 솔로 가수였다.

아이돌 중에서도 노래를 잘 부르는 남자 가수는 몇 있었다.

그러나 그들의 목소리는 유니크하지 못했다.

권지연이 원하는 목소리는 하나였다.

故 장민석 같은 가수를 원했다.

서른네 살에 요절한 젊은 천재 故 장민석.

그랬기에 더욱더 그와 비슷한 가수를 찾을 수 없는 게 사실이었다.

그때 한 사람이 불쑥 추천한 게 바로 강한수였다.

"한 번 만나서 직접 들어볼 수 있을까요?"

"지금은 어려워. 해외 촬영 중이라고 들었어."

"「자급자족 in 정글」 촬영은 끝난 거 아니었어요?"

"그거 말고. 황금사단에서 준비 중인 또 다른 예능이 있대. 발리 근처에서 촬영 중이라고 하더라고."

권지연은 그 말에 곰곰이 생각에 잠겼다.

그것도 잠시 그녀가 매니저를 보며 물었다.

"오빠, 내일도 출국할 수 있죠?"

"어? 그건 문제없지만 너 설마……."

"한시가 급해요. 빨리 만나서 그 사람이 부르는 노래를 듣고 싶어요. 제가 원하는 목소리가 있다면…… 어떻게 해서든 콜라보레이션할 거예요."

벌써 몇 달째 이 앨범만 바라보고 준비해 왔던 권지연이다. 그녀는 이미 결심을 확고하게 굳힌 상태였다.

한편 첫 서양인 커플이 다녀가고 그 이후로 레스토랑은 잠잠했다. 한수는 제작진과 의논을 한 끝에 「쉐프의 코스」를 유일한 메뉴로 결정지었다.

가격은 1인당 40만 루피아.

그밖에 다른 건 같았다. 그들이 원하는 요리를 메인으로 내놓게 되었을 뿐이다. 그렇게 레스토랑이 오픈을 한 지 한 시간 무렵이 지났을 때였다. 파리만 날리던 레스토랑에 하나둘 손님들이 몰려들기 시작했다.

스마트폰을 검색해 보던 승준은 어떻게 된 일인지 뒤늦게 알아낼 수 있었다. 트립 어드바이저에 아까 전 왔다 간 바로 그 프랑스인 커플이 사진과 함께 코멘트를 남겨놓은 것이었다.

그리고 순식간에 화제가 된 그 글은 메인에 올라왔고 수십 개의 댓글이 달린 상태에서 새로운 댓글이 계속해서 달리고 있었다.

CHAPTER
4

　승준은 슬쩍 가게 밖으로 나왔다. 그리고 길게 늘어서 있는 줄을 바라봤다.

　'일곱 팀? 여덟 팀?'

　못해도 스무 명이 넘는 사람들이 줄을 선 채 식당에 들어오기 위해 기다리고 있었다.

　그들은 현대인의 필수품이라고 할 수 있는 스마트폰을 쥔 채 웹서핑 중이었다. 가만히 그들을 보던 승준이 가게 안으로 들어왔다. 이미 가게 안에도 네 팀의 손님이 테이블을 가득 메우고 있었다.

　서양인 커플 두 팀, 동양인 가족 한 팀, 그리고 나이 든 노부부 한 쌍.

　그들은 텅 빈 메뉴판을 내려놓은 채 어떤 요리를 주문해야 할까 고심하고 있었다.

승준이 주문받을 준비를 하고 있는 이현재에게 슬며시 다가와 속닥였다.

"선생님, 바깥에 사람들 줄이 엄청 늘어섰어요."

"뭐? 정말이야?"

"예. 그렇다니까요. 나가서 한번 보세요."

이현재가 가게 밖을 내다봤다. 정말 적잖은 사람들이 줄을 선 채 늘어서 있었다.

"제작진들이 섭외한 관광객은 아니겠지?"

"그럴걸요? 이거 보세요."

승준이 스마트폰을 이현재에게 내밀었다.

"이게 뭔데 그래?"

"트립 어드바이저(Trip Advisor)라는 어플리케이션인데요. 여행자들에게 그곳 명승지나 맛집 등을 소개해 주는 거예요. 그리고 실제로 찾아온 사람들은 직접 그곳 사진을 찍어 리뷰를 남길 수도 있고요."

"그런데? 잠깐만. 여기 리뷰가 하나 있네? 우리 가게 사진도 올라와 있고."

"예, 아까 왔다 간 그 프랑스인 커플 있잖아요. 기억나세요?"

"예끼! 윤석아. 내가 늙었어도 치매가 올 정도는 아니야."

"아, 그런 뜻은 아닌데…… 어쨌든 그 커플이 리뷰를 남겼어요. 프랑스어로 되어 있어서 해석은 못 했는데 별점이 5점 만점이에요. 그리고 사진도 완전 예쁘게 잘 담아냈고요. 보세요."

이현재는 그들이 남긴 프랑스어로 된 리뷰를 확인했다.

별점은 5점 만점. 에밀리가 찍은 소품 사진들과 음식 사진들이 정성스럽게 올라와 있었고 그 아래 꼼꼼히 작성한 리뷰가 달려 있었다.

제목 : 단 한 번의 마법을 롬복에서 맛보다.

작성자: 에릭 케제르((Eric Kayser)

내용

나 에릭과 에밀리는 프랑스에서 휴가를 맞아 이곳 롬복에 놀러 왔습니다.

우리는 이곳에서 환상적인 해변과 아름다운 자연환경을 느끼며 정말 행복했습니다.

한 가지 아쉬운 게 있다면 그건 음식이었습니다.

값싸고 맛있는 이국의 요리가 즐비했지만, 나흘 넘게 먹다 보니 본토의 요리를 먹고 싶었기 때문이죠.

특히 우리 프랑스야말로 맛있는 요리의 본고장이니까요.

"끌끌, 이놈 보게. 자국에 대한 자부심이 엄청나구먼."

"왜요? 뭐라 했는데요?"

"지네 나라 요리가 최고라는 거야. 가만히 있어 봐. 조금 더 읽어보게."

이현재는 마저 리뷰를 확인했다.

그렇다 보니 프랑스 요리에 대한 갈증이 심했습니다.

그러나 이곳에서 프랑스 코스 요리를 먹는 건 불가능했기 때문에 이탈리아 요리라도 먹을 겸 승기기(Senggigi)로 갔을 때였습니다.

그곳에서 우리는 이제 막 오픈한 레스토랑 하나를 찾아낼 수 있었습니다.

적지 않은 관광객이 그 앞을 지나쳤지만, 발길을 들여놓진 않았죠.

뒤늦게 우리는 그 이유를 알 수 있었습니다. 그곳은 메뉴가 단 하나도 없었기 때문입니다.

Je suis surpris(맙소사!)

이게 말이 됩니까?

그래도 우리는 호기심을 이기지 못하고 이 레스토랑에 들어갔습니다.

Whatever it takes.

식당의 이름부터 쇼킹하죠? 그곳에서 우린 젊은 쉐프를 만났고 프랑스 코스 요리를 두 개 주문했습니다.

잠시 뒤 아뮤즈 부쉬가 나왔고……(중략)

디저트까지 먹은 뒤 우리가 낸 금액은 40만 루피아였습니다. 25유로밖에 안 되는 돈이었죠.

그 대신 그들은 우리에게 가장 큰 페널티를 줬습니다.

이 식당은 단 한 번만 방문할 수 있다는 것이었죠.

오늘 또 [Whatever it takes]에 가고 싶지만, 우리에게는 남아 있는 초대장이 없군요.

그래서 이곳 트립 어드바이저에 단 일주일 동안 느낄 수 있는 마법을 소개하려 합니다.

ps. 왜 일주일이냐고요? 저 식당은 일주일, 이제 6일 남았군요. 그 이후 문을 닫는다고 하니까요.

장문의 리뷰 아래에 수십 개의 코멘트가 달려 있었다.

이현재는 그 코멘트도 꼼꼼히 확인했다.

─이 리뷰는 말도 안 돼! 나흘 전에만 해도 저런 음식점은 존재하지도 않았다고. 이건 거짓말이야. 아마 프랑스에서 먹은 요리겠지?

└그렇다고 하기엔 이 사진들은 전부 다 롬복에서 찍은 게 맞는데?

ㄴㄴ조작일 거야.

―음, 일단 이 리뷰가 맞다면, 그리고 이 사진들이 전부 다 사실이라면 한번 가볼 용의는 있어. 그리고 이 커플이 겪었다는 마법을 나도 겪어보고 싶군.

―설마 사실일까? 단돈 20유로에 저런 코스 요리를 즐길 수 있다고? 저 식당은 이익을 남길 필요가 전혀 없는 거야?

ㄴ리뷰는 발로 읽었어? 한국에 내보낼 방송을 촬영 중이라잖아. 뭐, 모르지. 그것 때문에 유명한 쉐프를 데려와서 촬영하고 있는 것일 수도 있어.

―궁금한 건 못 참아서. 내가 오늘 가보고 이야기해 줄게.

―부탁할게. 만약 그런 곳이 있다면 나도 당장 달려가서 프랑스 코스 요리를 먹을 테니까.

이현재는 흐뭇한 표정으로 코멘트를 읽어내려갔다. 대부분 믿을 수 없다는 반응을 보이고 있었다.

그럴 수밖에 없었다. 단돈 25유로에 프랑스 코스 요리를, 그것도 미슐랭 3스타급 레스토랑의 쉐프가 만드는 코스 요리를 먹을 수 있는 것이다.

누가 그 기회를 놓치려 할까? 지금은 호기심 반 불안 반의 심정으로 줄을 서 있겠지만 내일이나 모레가 되면?

아마 이곳은 인산인해를 이룰 게 분명했다. 그런 생각 끝에 이현재가 눈살을 찌푸렸다.

'이거 밥은 먹이고 촬영하는 거 맞겠지?'

왠지 모르게 밥도 못 먹고 촬영할 것만 같은 걱정이 물밀 듯
밀려들었다. 제작진이 중간에 적정선에서 커트해 주길 바랄
뿐이었다.

주문이 쏟아졌다. 자리에 앉아 있는 네 팀이 각각 원하는 요
리를 주문했다.

동양인 가족이 원한 건 중국 음식이었다.

나이 든 노부부는 프랑스 코스 요리를 원했고, 서양인 커플
중 한 팀은 이탈리아 파스타와 리소토를, 다른 한 팀이 메인
으로 요구한 건 오스트리아 요리인 슈니첼이었다.

각기 다른 국가의 각기 다른 요리들. 그 요리들을, 아뮤즈
부쉬, 메인, 그리고 디저트까지 해야만 했다.

카메라를 통해 상황을 지켜보던 제작진이 입술을 깨물
었다.

유 피디는 한수를 쳐다봤다. 그는 과연 이 난제를 해결할 수
있을까? 애초에 이것 때문에 그를 데려온 것이었다. 원래 메
뉴를 고정시킬 생각이었지만 한수의 능력을 믿고 이런 모험

을 두게 됐다.

이제 남은 건 한수의 역량이다. 그의 역량에 모든 게 걸려 있는 셈이다.

한수는 여전히 고민에 고민을 거듭하고 있었다. 아마도 어떤 요리를 만들지 생각하고 있는 것이리라.

"피디님! 지금 난리 났어요."

조연출이 다급히 베이스캠프 안으로 뛰어들어 왔다. 거리를 훑어보고 온 그가 유 피디를 향해 말했다.

"사람이 너무 많아요. 트립 어드바이저 그 리뷰 때문인가 봐요. 재료도 문제고, 출연자들이 다들 버틸 수 있을지 걱정이에요."

대부분의 레스토랑은 중간에 쉬는 시간이 있다. 보통 점심에 한 번, 저녁에 한 번 영업하게 마련이다. 점심부터 저녁까지 쉬지 않고 일을 하면 출연자들도 버텨내기 어렵다.

유 피디도 그 심각성을 깨달았다. 그는 제작진을 보냈다. 기다리고 있는 손님들한테 사정을 구하기 위해서였다.

오전 열한 시.

네 개의 테이블이 모두 돌아간다고 가정할 경우 한 팀이 식사하는데 걸리는 시간은 한 시간에서 두 시간 남짓이다.

많이 받아봐야 점심에 여덟 팀, 저녁에 여덟 팀이 최대다. 즉, 하루 받을 수 있는 최대치는 열여섯 팀인 셈이다.

그것도 출연자들이 쉬지 않고 일해야 가능한 수치다. 애초에 저 많은 요리를 거의 도움이 안 되는 서현 한 명의 보조를 받아 해내고 있는 한수가 괴물인 것이었다.

결국, 줄을 서서 기다리고 있던 몇몇 손님들은 제작진이 거듭 사과한 끝에 아쉬움을 뒤로 하고 줄을 떠나기 시작했다. 그러다가 제작진이 식당 주변에서 서성거리고 있던 남자들에게 다가갔다.

"죄송하지만 이분들 외에는 식사가 불가능합니다. 양해 부탁드립니다."

그런데 그들의 반응이 조금 이상했다.

"우리는 여기에 식사하러 온 게 아닙니다. 신경 쓰지 않아도 됩니다."

제작진들은 고개를 갸웃거리다가 다시 베이스캠프로 돌아왔다. 그래도 그들이 교통정리를 한 덕분에 식당 앞에서 줄을 선 채 기다리고 있는 건 남은 네 팀뿐이었다.

그들은 앞선 팀이 식사를 끝낸 다음 식사를 할 예정이었다. 진이 빠지려 하는 유 피디를 보며 황 피디가 웃음을 흘렸다.

"쿠쿡, 많이 힘들지?"

"예. 진짜 장난 아니네요. 이렇게 변수가 많을 줄은 생각도 못 했어요."

"그래서 준비를 철저하게 해야 하는 거야. 이번엔 기획안이 좋아서 통과되고 바로 촬영에 들어가게 되었지만 다음부터는 미리미리 준비해 둘 필요가 있을 거야. 언제든 돌발 상황에 직면할 수 있거든."

"그러게요. 진짜 모든 경우의 수를 다 생각해야 할 거 같아요."

"그래도 너는 행운인 거야."

"예?"

"한수 씨 봐. 벌써 요리 시작했잖아. 자신감이 있다는 거야. 머릿속에서 구상이 완벽하게 끝났다는 거지."

유 피디가 황 피디를 보며 물었다.

"이제 저는 뭘 해야 할까요?"

"뭘 하긴, 이런 관찰 예능에서 제작진이 잘해야 하는 건 딱 하나야."

"음…… 뭘까요?"

"철저한 서포트. 출연자들이 자신의 능력을 최대한 발휘할 수 있게끔 서포트 해주면 돼. 그럼 알아서 만들어낼 테니까. 그게 바로 다큐로 가는 길인 거고."

"예."

유 피디가 곤욕을 치르는 사이 한수는 본격적으로 요리를 시작했다.

우선 중국 음식으로는 에피타이저로 딤섬을 내놓기로

했다.

새우 딤섬이었다. 새우를 다진 다음 각종 조미료와 함께 만두피에 그 재료를 한꺼번에 넣고 찌기만 하면 되는 요리였다.

「퀴진 TV」에서 외국 요리 특집 편으로 마카오에 있는 미슐랭 3스타 레스토랑 '디 에잇'을 방문한 적이 있었고 그곳 주방장이 만드는 새우 딤섬을 촬영한 게 있었다.

직접 본 건 아니었지만 한수의 기억 속에는 그 요리방법이 선명했다.

「퀴진 TV」를 마스터한 덕분이었다. 그 덕분에 과거에 「퀴진 TV」에서 촬영한 모든 영상이 한수의 머릿속에도 저장되어 있었다.

그런 다음 메인으로 내놓을 요리는 생선튀김이었다. 평범할 수 있지만, 한수 손을 거치면 평범하지 않은 요리가 되는 법이었다.

생선튀김 곁에는 각종 채소와 소고기를 넣어 볶은 볶음밥이 함께 세팅될 예정이었다. 그 뒤 디저트는 산뜻한 과일을 내놓을 것이었다.

나이 든 노부부한테는 아뮤즈 부쉬 다음 메인 요리로 양 갈비 스테이크를 내놓을 생각이었다. 이전에 한국대학교 푸드 트럭에서도 양 갈비 스테이크는 반응이 사뭇 좋았다.

재료도 준비되어 있는 만큼 문제 될 건 없었다.

오스트리아인 부부는 슈니첼을 요구했는데 이 슈니첼은 돈 가스하고 비슷한 요리였다. 한국의 돈가스는 돼지고기를 사용하지만, 오스트리아 슈니첼은 송아지 고기를 이용하는 것이었다.

또 다른 점은 한국 돈가스는 빵가루에 입힌 고기를 식용유에 튀겨내지만, 오스트리아 슈니첼은 부침개처럼 철판에 부쳐낸다는 점이었다.

여하튼 송아지 고기를 얇게 슬라이스한 다음 고기 망치(Meat pounder)로 두드려서 얇게 편 다음 밀가루를 묻히고 풀어낸 달걀과 빵가루를 차례로 입힌 다음 프라이팬에 황금빛이 되게 튀겨낼 것이었다.

그런 다음 삶은 감자를 그 옆에 곁들일 생각이었다. 마지막으로 이탈리아 요리를 시킨 커플에게는 리소토와 파스타를 내갈 생각이었다.

피자도 생각해 봤지만, 이탈리아식 피자를 만들기 위해서는 오븐이 아니라 화덕이 필요한데 이곳에는 화덕이 없기 때문에 애초에 만들 수가 없었다.

그렇게 한수가 준비해야 할 요리는 새우 딤섬, 생선튀김, 소고기와 채소를 넣은 광동식 볶음밥, 양 갈비 스테이크, 슈니첼, 리소토, 파스타까지.

모두 일곱 종류였다.

한수가 얇게 슬라이스한 송아지 고기를 서현이 망치를 들고 두들기는 동안 한수는 본격적으로 요리를 시작했다.

그리고, 이곳 롬복에 있는 주방에서 마법이 펼쳐졌다.

한수가 해낸 건 마법이었다.

레스토랑 곳곳에 설치되어 있는 카메라를 통해 상황을 지켜보고 있던 스태프들은 감탄을 감추지 못했다. 카메라 감독이 흥분한 목소리로 소리쳤다.

"이걸로 메이킹 필름 하나 만들어야 하는 거 아냐?"

황 피디가 고개를 끄덕였다. 방금 주방에서 한수가 세계 곳곳의 요리를 만들어내는 건 두 눈으로 보고도 믿기지 않은 일이었다.

제일 먼저 그는 에피타이저를 완성했다. 우선 잘게 다진 새우에 각종 조미료를 넣고 치댄 뒤 얇게 뜬 만두피에 그 재료를 넣고 나서 찜기에 쪄내기 시작했다.

동양인 가족이 맛보게 될 새우 딤섬이었다.

개수는 모두 네 개.

「퀴진 TV」에서 방문한 마카오에 있는 레스토랑 디 에잇의 헤드 쉐프가 만든 새우 딤섬을 똑같이 재현해 낸 것이었다.

십 분 정도 지나고 딤섬이 완성되자 서현이 그것을 접시에 예쁘장하게 담아냈다.

한수는 그런 서현을 보며 눈을 빛냈다. 서현에게는 특별한 재능이 있었다. 무언가를 장식하는 재주였다. 그녀는 타고난 미적 감각이 있었고 실제로 한수 못지않게 음식을 예쁘게 담아내고 있었다.

그 덕분에 한수도 한결 몸이 편할 수 있었다. 만약 그가 데코레이션까지 신경 썼어야 했다면 훨씬 더 많은 시간을 잡아먹었을 게 분명했으니까.

그렇게 서현이 장식하고, 한수가 최종적으로 한 번 더 검토를 끝낸 뒤에야 승준이 새우 딤섬이 담긴 접시를 가지고 나갔다.

그 뒤 승준이 새우 딤섬을 중국인 가족 테이블 위에 올렸다. 한수는 그들 반응을 보기도 전에 재차 다른 요리를 해야 했다.

파스타는 면을 삶아야 했기 때문에 시간이 조금 필요했다. 그랬기에 한수가 두 번째로 만들기 시작한 건 나이 든 노부부와 이탈리아 커플, 오스트리아 부부에게 각각 대접할 아뮤즈 부쉬였다.

한수가 만들어 낸 건 연어 타르타르와 전복을 구워낸 것이었다.

아뮤즈 부쉬(Amuse-bouche)는 메인 요리가 나오기 전 입맛을 돋워주는 역할을 하는 요리로, 보통 한입에 먹을 수 있게 만드는 게 많다.

한수가 부지런히 연어 타르타르를 만들고 전복을 굽는 동안 승준이 테이블에 올린 새우 딤섬을 중국인 가족이 눈을 휘둥그레 뜬 채 들여다보기 시작했다.

마치 물고기처럼 빚어진 만두피 안에 탱글탱글한 새우 살이 담겨 있었다.

그들은 카메라로 조심스럽게 새우 딤섬을 촬영했다. 옆자리에 앉아 있던 다른 커플들이나 노부부도 슬쩍 그쪽으로 시선을 돌렸다. 그리고 가볍게 탄성을 냈다.

진짜 물고기처럼 예쁘장하게 데코레이션된 새우 딤섬이었다.

그것도 잠시 나이가 지긋한 장한이 젓가락을 가져갔다. 그리고 새우 딤섬을 집어든 다음 미리 세팅되어 있던 양념장에 찍어 한입에 넣었다.

"……."

그가 탄성을 토해냈다. 그리고 고개를 절레절레 저었다. 옆에 앉아 있던 사람들이 고개를 갸웃거렸다.

"맛이 없는 걸까?"

"얼굴이 딱딱하게 굳었는데?"

설마 레스토랑을 잘못 찾아온 건가 하는 걱정에 그들이 머뭇거릴 때였다. 중국 사내가 입술을 떼었다.

"하오! 쩐하오!(좋다. 매우 좋다!)"

그는 입맛을 다셨다. 더 많은 딤섬을 먹고 싶었다. 한 명에 한 개밖에 안 나온다는 게 너무 아쉬웠다. 그러는 사이 이번에는 연어 타르타르와 전복을 구워낸 아뮤즈 부쉬가 남은 세 테이블에 차례차례 도착했다.

아까 전 중국 사내 때문에 그들 모두 망설이고 있었다. 어떤 맛일지 도저히 상상이 가질 않았기 때문이다. 맛이 없으면 어떻게 하나, 하는 걱정도 있었다.

"내가 먼저 먹어볼게."

오스트리아인 부부 중 남편이 용기를 내서 연어 타르타르에 손을 가져갔다. 스푼 형태에 담겨 있는 연어 타르타르는 앙증맞은 크기였다.

한입에 넣을 수 있었고 그는 스푼을 들어 입으로 가져갔다. 그리고 연어 타르타르를 천천히 씹기 시작했다.

촉촉하고 부드러운 연어살이 제일 먼저 혀끝에 닿았고 상큼한 소스가 목을 적셨다. 한 줌밖에 안 되는 연어 타르타르를 먹으면서 그는 지그시 눈을 감았다.

이건 그렇게 만드는 요리였다.

"……Auf keinen Fall!(말도 안 돼!)"

"왜 그래? 무슨 문제 있어?"

"……."

머뭇거리던 사내가 슬쩍 아내 앞에 놓인 연어 타르타르를 바라봤다. 그 시선을 느낀 아내가 눈매를 좁혔다.

"왜 그래?"

"그것도 내가 먹으면 안 될까? 양이 너무 적어서 그래."

"……."

그러나 그녀는 냉큼 스푼을 자신의 입으로 가져갔다.

그것도 잠시 그녀도 탄성을 흘렸다.

"이게 말이 돼? 무슨 맛이지?"

"한 가지 분명한 건, 그동안 이곳에서 우리가 먹었던 요리는 전부 다 쉣이라는 거지."

"그건 공감이야."

그녀는 고개를 끄덕였다. 그 정도로 방금 먹은 연어 타르타르는 정말 예술이었다. 무엇보다 부드럽고 촉촉하면서 탱글탱글한 연어살이 환상적이었다.

이런 요리라면 수백 개를 먹어도 전혀 질리지 않을 것 같았다. 그들은 시선을 전복으로 돌렸다.

흑임자 드레싱을 곁들인 전복구이로 그 위에는 파릇파릇한 채소들이 올라가 있었다. 그들은 서로의 눈치를 보다가 그대로 포크를 가져갔다.

먹고 즐기고 여행하라.

어느새 그들 얼굴에는 감출 수 없는 만족감이 가득 떠올라 있었다.

한수는 소매로 땀을 훔쳤다. 생각보다 쉬운 일이 아니었다. 여기 와서 요리하면서 느끼는 것이지만 새삼 쉐프가 안 되길 잘했다는 생각이 들었다. 만약 쉐프가 되었으면 매번 이렇게 고생을 해야 했을 텐데 그건 절대 피하고 싶은 일이었다.

그는 조금 전 막 만들어낸 양 갈비 스테이크를 내가게 한 다음 파스타를 시작했다. 그러는 한편 한쪽 팬으로는 광동식 볶음밥을 만들었고 서현이 열심히 두드려 팬 송아지 고기로 슈니첼을 준비했다.

보통 이렇게 다양한 요리를 하다 보면 손이 열 개라도 부족하겠지만 한수의 집중력은 그 어느 때보다도 날카롭게 빛나고 있는 상태였다. 그렇게 한수가 만든 메인 요리가 차곡차곡 손님들 테이블 위에 쌓였다.

그들은 너나 할 거 없이 카메라로 음식 사진을 찍기 시작했다. 조금 전 먹은 아뮤즈 부쉬만으로도 이미 그들은 행복에 젖어 있었다.

그것만으로도 40만 루피아(25유로)의 가치는 충분했다. 그러나 여전히 요리가 더 남아 있다는 게 충격이었다. 그뿐만이 아니었다.

그 요리가 엄청나게 맛있다는 게 대박이었다. 그들은 준비되어 있는 메인 요리를 천천히 즐기기 시작했다.

이렇게 좋은 시간을 빨리 써버리고 싶지 않았다. 더 오랜 시간 동안 이 감동을 이어나가고 싶었다. 동양인 가족은 광동식 볶음밥과 생선튀김을 먹으면서 연신 하오(好)를 외쳤다.

오스트리아인 부부는 본국에서 먹은 슈니첼보다 더 맛있는 슈니첼에 감탄을 토해내는 중이었다. 노부부는 부드럽게 조리된 양 갈비 스테이크를 먹으며 웃음꽃을 피워냈고 이탈리아 요리를 시켰던 커플도 담소를 나누며 파스타와 리소토를 맛보고 있었다.

그제야 한수는 한숨을 돌릴 수 있었다. 한수는 디저트까지 서빙 하게끔 부탁해 둔 다음 약간 여유가 주어지자 주방에서 나왔다.

그리고 그는 승준을 보며 물었다.

"손님은 여전히 많아?"

"아뇨, 이제 네 팀 남았어요. 제작진에서 다른 손님들은 다 돌려보냈어요. 그 대신 저녁에 오면 제일 먼저 테이블 잡아주기로 했다고 하더라고요."

"일은 할 만해?"

"저야 딱히 할 건 없죠. 그냥 서빙 하고 설거지하는 게 전부니까요. 형이 가장 걱정이죠. 선생님께서도 형 걱정 많이 하셨어요."

그때 가게 바깥을 둘러보고 있던 이현재가 안으로 들어왔다.

그가 한수에게 걸어와서 말했다.

"괜찮은 게야?"

"예, 저는 괜찮아요. 선생님은 힘들지 않으세요?"

"내가 힘들 게 뭐 있나, 자네가 설명해 준 대로 손님들한테 전해주기만 하면 그만인데."

"그래도 그걸 그렇게 바로 외워서 설명하시는 게 더 대단해요."

처음에는 한수가 직접 요리를 설명하려 했다.

그러나 그렇게 하기엔 시간이 부족했다.

대부분의 레스토랑은 수쉐프 혹은 데미쉐프들이 있어서 그들이 보조하게 되지만 이곳은 그런 역할을 해낼 수 있는 게 서현뿐이었기 때문이다.

그렇다 보니 한수가 모든 요리를 도맡아야 했고 시간적인 여유가 전혀 없었다.

그때 그 문제를 해결한 게 바로 이현재였다. 한국어, 영어, 일본어, 독일어, 프랑스어 등 5개 국어가 가능하다 보니 이현재가 한수가 해준 설명을 그대로 식당에 찾아온 손님들에게 전달한 것이었다.

거기서 한수가 놀란 건 단 한 번 말한 것을 이현재가 바로 외워서 그걸 또 다른 나라의 언어로 통역해 냈다는 점이었다.

그만큼 이현재가 암기력이 뛰어나다는 걸 의미했다. 그렇게 두 사람과 대화를 나누던 한수는 식사를 마친 사람들에게 다가갔다.

제일 먼저 다가간 건 프랑스 코스 요리를 주문한 노부부였다.

"마담(Madame), 무슈(Monsiuer), 어떻게 입맛에 맞으십니까?"

한수가 프랑스어로 꺼낸 질문에 노부부가 미소를 지어보이며 대답했다.

"물론입니다. 이렇게 훌륭한 레스토랑은 정말 오랜만입니다."

"감사합니다. 맛있게 요리를 즐겨주셔서 감사합니다."

그때였다. 노부인이 한수를 종업원으로 착각한 듯 조심스러운 목소리로 물었다.

"실례가 안 된다면 이곳 쉐프님을 만나볼 수 있을까요?"

"예? 쉐프요?"

"예, 이렇게 맛있는 요리를 대접해 주신 쉐프님을 한번 뵙고 싶습니다."

노부인의 말에 한수가 환하게 웃으며 입을 열었다.

"제가 오늘 요리를 담당한 오너 쉐프입니다."

"……정말인가요?"

노부인은 믿을 수 없다는 얼굴로 한수를 바라봤다. 한수가 고개를 끄덕였다.

"그렇습니다, 제가 직접 나와서 요리를 설명하지 못한 점 죄송합니다. 워낙 바쁘다 보니 미처 나올 여유가 없었습니다."

"잠깐만요, 저 요리는 다른 분이 만드신 거겠지요?"

그녀가 동양인 가족이 먹고 있는 요리를 가리키며 물었다.

한수가 고개를 저었다.

"아닙니다. 저 요리도 제가 만들었습니다."

"……믿기지 않는군요."

노부인은 진심으로 감탄한 듯 눈을 휘둥그레 뜨고 있었다.

"대단하군요. 진짜 맛있게 잘 먹었습니다. 그런데 이렇게 젊은 분이 쉐프일 줄은 전혀 생각지도 못했네요."

"가끔 그런 말을 듣곤 합니다. 그럼 남은 시간도 마저 잘 즐겨주십시오."

한수는 고개를 깍듯이 숙여 보인 다음 이번에는 중국인 가족이 먹고 있는 테이블로 다가갔다.

"음식은 입맛에 맞으십니까?"

"예, 그렇습니다. 정말 맛있게 잘 먹었습니다."

"어떤 요리가 가장 입맛에 맞으시던가요?"

"저는 새우 딤섬이 가장 맛있었습니다. 그런데 하나밖에 없어서 너무 아쉽더군요. 더 즐기고 싶었습니다. 실은 디 에잇에서 종종 새우 딤섬을 먹는데 그곳 새우 딤섬보다 더 맛있더군요."

한수가 그 말에 멋쩍게 웃었다. 원조보다 더 맛있다는 평가를 끌어냈다. 그것보다 더 좋은 평가는 들을 수 없을 터였다.

"그보다 당신이 쉐프입니까?"

한수가 고개를 끄덕였다.

"예, 제가 쉐프가 맞습니다."

그가 웃으며 말했다.

"아까 저분들하고 이야기 나누는 걸 실례인 줄 알면서도 엿들었습니다. 그리고 당신이 쉐프인 걸 알 수 있었습니다."

"프랑스어도 하실 줄 아십니까?"

"예, 사업 때문에 프랑스에는 종종 들리죠. 이번에는 가족들과 함께 휴가를 보내고 싶어서 놀러 오긴 했습니다만."

"그렇군요."

그때 중국인 사내가 한수에게 명함을 한 장 꺼내 내밀었다.

"제 명함입니다."

명함에는 로렌스 왕이라는 이름만이 적혀 있었다.

'로렌스 왕? 누구지?'

한수가 고개를 갸웃거릴 때였다. 그가 웃으며 입을 열었다.

"제 소개가 늦었군요. 하하, 제가 소유하고 있는 레스토랑 중 한 곳이 디 에잇입니다."

"……."

한수는 굳어진 얼굴로 그를 쳐다볼 수밖에 없었다. 로렌스 왕이 자신의 정체를 밝혔을 때 유 피디는 눈을 휘둥그레 떴다.

"디 에잇? 그 레스토랑 주인이라고 한 거야?"

"그런 거 같은데요?"

"잠깐만, 빨리 알아봐. 로렌스 왕이 누구야?"

그때 눈치 빠른 조연출이 인터넷으로 검색을 끝낸 뒤 유 피디에게 말했다.

"마, 마카오에서 가장 부유한 사람이라는데요? 자산이 200억 달러가 넘어가는 데다가 마카오의 카지노, 엔터테인먼트, 관광, 해운, 부동산 등이 다 저 사람이 운영 중인 거라는데요?"

"뭐? 아니, 그 정도 부자가 뭐하러 이런 레스토랑에……."

"그, 그건 저도 모르죠."

"일단 카메라로 찍어. 잠깐만, 그럼 저기 식당 주변에서 서성이는 사람들이 저 로렌스 왕의 경호원이었던 거야?"

식당 정문뿐만 아니라 후문에도 일곱 명쯤 되는 경호원들이 주변을 둘러보며 망을 보고 있었다.

몇 시간 넘게 서성이고 있기에 그들도 혹시 하면 인도네시아 정부에 이야기를 연락을 취하려 하고 있었는데 알고 보니 그들은 로렌스 왕의 개인 경호원인 모양이었다.

"어떻게 하죠?"

"어쩌긴. 한수 씨한테 맡겨. 우리가 개입할 문제가 아니야."

유 피디는 혀를 내둘렀다.

이런 스펙타클한 일에 휘말리게 될 줄은 그녀로서는 상상도 못 한 일이었다.

한편 한수는 로렌스 왕의 말에 한 치의 망설임도 없이 대답했다.

"죄송합니다. 저는 쉐프가 될 생각이 없습니다."

"……이렇게 맛있는 요리를 만드시는데요? 저는 당신이 한국에서 활동 중인 유명 쉐프일 거라고 생각했습니다. 연예인 활동은 재미 삼아 하는 건 줄 알았는데……."

이미 그는 자신의 뒷조사를 모두 끝낸 모양이었다. 아무 정보도 없이 이런 레스토랑을 오진 않았을 것이다. 그가 갖고 있는 정보망을 통해 여기서 요리 중인 쉐프가 누군지 알아냈을 테고 그 뒷조사까지 전부 다 해놓은 게 분명했다.

"그런 게 아닙니다. 저는 진짜 쉐프가 될 생각이 없습니다. 요리는 취미일 뿐입니다."

"허허, 진 사부가 그 이야기를 들으면 기겁할 겁니다."

"진 사부? 그분이 누구시죠?"

"디 에잇의 주방을 총괄하고 있는 분입니다."

아마도 진 사부는 디 에잇의 헤드쉐프인 듯했다.

그때 로렌스 왕이 한수를 향해 말했다.

"아까 그 평가는 진심이었습니다. 진 사부가 만든 새우 딤섬보다 미스터 강이 만든 새우 딤섬이 훨씬 맛있었거든요."

"그렇게 극찬해 주시니 정말 감사합니다."

"만약 진 사부를 모셔왔다면 여기 모셔서 새우 딤섬을 드셔보라 했을 겁니다. 하하."

"……"

한수는 그 말에 속으로 식은땀을 흘렸다.

지금 그가 한 말은 자신과 원조를 서로 비교해 보겠다는 말과 다를 것이 없었다. 그랬다가 진 사부가 어떻게 자신의 비법을 알아냈냐고 물으면 한수로서는 할 말이 없었다.

그는 디 에잇을 방문한 적이 단 한 번도 없기 때문이다.

애초에 해외여행도 「자급자족 in 정글」에서 나갔다온 게 처음이었다.

"쉐프가 되실 생각은 없다고 하니 일단 그 제안은 미뤄두겠습니다. 그러나 언제든 생각이 있으시면 한번 연락 부탁드립니다."

"신경 써 주셔서 감사합니다."

"그런데 리뷰에 적힌 말이 사실입니까?"

"예? 뭘 말씀하시는 거죠?"

"이곳은 딱 한 번만 방문할 수 있다고 하더군요."

"예, 사실입니다. 더 많은 분께 대접해 드리고 싶어 그렇게 했습니다."

두 사람이 대화를 나누는 동안 식사를 끝낸 사람들이 하나둘 계산을 하고 나가기 시작했다. 그들은 이현재나 승준에게 거듭 맛있게 먹었다며 연신 고마워하고 있었다.

로렌스 왕이 한수를 향해 말했다.

"바깥에 기다리는 손님이 적지 않던 모양인데 저도 이만 가봐야겠군요. 오늘 점심은 정말 즐거웠습니다. 설령 쉐프가 될 생각이 없다고 해도 나중에 홍콩이나 마카오에 오면 연락해 주십시오. 진 사부 하고의 만남도 주선해 드리고 싶군요."

로렌스 왕은 가족들과 함께 마지막으로 계산을 끝낸 뒤 떠났다. 그동안 두 사람이 무슨 대화를 나누고 있는지 남은 세 사람이 무척이나 궁금하고 있었다.

이현재도 중국어는 할 줄 모르다 보니 전혀 해석하질 못하고 있었다. 그들은 그저 한수가 알려주길 바랄 뿐이었다.

로렌스 왕이 나간 뒤에야 서현이 한수를 보며 물었다.

"도대체 무슨 이야기를 그렇게 오래 했어? 그 명함은 뭐고?"

한수는 로렌스 왕과 주고받았던 이야기를 간추려서 설명

했다.

그 말에 세 명 모두 눈을 휘둥그레 떴다. 아시아 최고의 부자에게 스카웃 제안을 받은 것이었다. 만약 한수가 그 제안을 수락했다면 그는 홍콩이나 마카오 혹은 한수가 원하는 곳 어디든 디 에잇 못지않은 레스토랑을 차려줬을지도 몰랐다.

승준이 한수를 보며 물었다.

"형, 아쉽지 않아요?"

"응? 뭐가?"

"조금 전 형이 얼마나 좋은 기회를 걷어차 버린 건지 알아요? 이건 고봉식 감독님이 주연 역할로 무명 배우를 섭외한다고 했는데 싫다고 거절한 것이나 다름없다고요."

천만 관객을 연달아 동원하며 충무로 최고의 영화감독으로 손꼽히고 있는 고봉식 감독.

한수가 승준을 보며 되물었다.

"그러고 보니 너는 어떻게 됐냐?"

「하루 세끼」를 촬영할 때가 생각났다.

장희연과 김서현이 게스트로 왔을 때 연기에 관해 이야기가 오고 갔고 그때 승준은 고봉식 감독의 신작 영화에 조연 역할로 오디션을 볼 기회가 생겼다고 한 적이 있었다.

승준이 조심스럽게 대답했다.

"오디션은 진즉에 봤죠. 지금은 결과 나오길 기다리고 있어요."

"언제 나온대?"

"아마 귀국할 때쯤이면 나오지 않을까 싶어요."

그러나 승준의 표정은 어두웠다. 한수가 걱정스러운 얼굴로 물었다.

"왜? 오디션 잘 못 봤어?"

"그건 아닌데…… 연락이 늦어져서요. 그건 그렇고 저 마저 일하러 갈게요. 테이블 치워야죠."

이현재 혼자 테이블을 치우고 있었다. 승준이 다급히 그런 이현재를 도왔다. 두 사람을 보던 서현이 말했다.

"괜찮을 거야. 원래 고 감독님이 유난히 까탈스러워서 이것저것 많이 보는 편이거든. 그건 그렇고 이제 좀 쉴 수 있는 거야?"

"아니, 아직 네 팀 더 남았을걸?"

"……흑흑, 이러다가 나 주부습진 생기는 거 아니겠지?"

서현이 눈시울을 붉혔다.

한수가 만든 요리를 먹고 싶은 생각에 이번 방송에 합류한 것이었는데 이러다가는 몸이 만신창이가 되는 게 아닌가 걱정스러웠다.

그 정도로 생각보다 일이 빡빡했다. 그래도 일단 맡은 요리는 전부 다 끝내야 했다. 그리고 한수와 서현은 다시 한번 또 다른 국적의 코스 요리를 네 팀에 맞게 준비했고 그렇게 힘들었던 레스토랑 오픈 이후 첫 번째 런치 타임을 마무리 지을 수 있었다.

일이 끝난 건 오후 세 시 무렵이 되어서였다. 몸이 피곤하다 보니 식욕도 거의 없었다.

처음에만 해도 한수가 만든 코스 요리를 손님이 되어서라도 먹고 싶었지만, 지금은 그냥 푹 쉬고 싶다는 생각뿐이었다. 그래도 뭔가를 먹어야 기운을 차릴 수 있었다.

결국, 그들은 한수가 만든 요리를 맛보는 건 포기했다.

한수가 제일 많이 고생했는데 그한테 요리를 만들어달라고 할 수는 없었다. 그 대신 그들은 인근 맥도날드에서 햄버거를 사다 먹기로 했다.

제작진이 햄버거를 사 왔는데 음료가 조금 낯설었다. 알고 보니 제작진이 사 온 음료는 인도네시아의 국민 음료수라고 불리는 테보톨(Teh Botol)이었다. '병에 담긴 차'라는 의미로 쟈스민티나 아이스티 같은 맛이 났다.

그렇게 허기를 때우는 사이 출연자들은 제작진들과 긴급회의에 돌입했다.

"아무래도 이건 아닌 거 같아요. 진짜 힘들어 죽겠어요."

서현이 앓는 소리를 냈다. 그러나 그건 그녀만 하고 있는 생각이 아니었다.

한수나 승준, 그리고 이현재도 적지 않게 피곤해하고 있었다.

제작진이 고개를 끄덕였다. 이건 그들도 예상치 못한 일이었다. 유 피디가 입술을 떼었다.

"처음에만 해도 이렇게 많은 손님이 몰릴 줄은 예상도 못 했어요. 기껏해야 한두 팀 정도? 그런데 트립 어드바이저 때문에 난리가 났네요."

"그럼 어떻게 하실 생각이신가요?"

"음, 한수 씨 의견이 가장 중요하겠지만 저는 런치 타임에 네 팀, 디너 타임에 네 팀 이렇게 여덟 팀만 받는 게 나을 거 같아요. 그것만 해도 충분히 분량을 뽑을 수 있을 거 같거든요."

서현이 곧장 머릿속으로 계산을 끝낸 뒤 유 피디를 보며 물었다.

"그럼 일주일이면 대략 쉰여섯 팀은 받아야 하는 거네요?"

"아뇨, 오늘까지 포함해서 모두 닷새만 레스토랑을 열 거예요. 마지막 하루는 일하는 시간에서는 뺄 거거든요. 여러분도 여기까지 왔는데 하루 정도는 쉬셔야죠. 이틀 정도 빼서 쉬게 해드리고 싶지만 그건 좀 어려울 거 같고요."

그래도 하루는 마음 놓고 푹 쉴 수 있다는 말에 다들 반색했다. 아예 쉴 수 없는 줄 알았는데 그래도 하루면 감지덕지였다.

그렇게 그들은 또 한 번 현지 상황에 맞게 변화를 꾀했다.

영업은 런치 타임에 1번, 디너 타임에 1번 총 두 번이었고 한 타임마다 받는 건 최대 네 팀이었다. 좌석 수를 생각해서 5인 이상의 그룹은 받는 게 불가능했다.

그러나 가격은 40만 루피아로 고정했고 그들이 원하는 국적의 요리를 메인으로 해서 아뮤즈 부쉬, 메인, 디저트로 이어지는 코스 요리를 내놓기로 했다.

그렇게 트립 어드바이저에 접속해서 식당 정보를 변경할 때였다.

유 피디가 한숨을 길게 내쉬었다. 갑작스러운 한숨에 다들 유 피디를 바라봤다. 그녀가 헛웃음을 흘리며 스마트폰을 내보였다.

"트립 어드바이저에 우리 레스토랑이 롬복에 놀러 왔으면 무조건 가 봐야 하는 레스토랑에 선정됐다고 하네요."

"예?"

"뭐, 뭐라고요?"

다들 어처구니없는 얼굴로 유 피디를 쳐다봤다. 하지만 유 피디의 말은 사실이었다. BEST 도장과 함께 트립 어드바이저가 공인하는 레스토랑에 선정되어 있었다.

그뿐만이 아니었다. 실제로 다녀간 리뷰어들의 평가가 세 개 더 추가로 늘었는데 세 개 모두 5점 만점이었다.

그들이 장문으로 길게 적은 리뷰 역시 극찬이 줄을 잇고 있었다. 그것 때문일까. 이전에만 해도 반신반의하던 사람들은 무조건 가야겠다고 코멘트를 달고 있었다.

그때 제작진이 사 온 햄버거를 마저 먹고 있던 승준이 귀를 쫑긋 세웠다.

유독 바깥이 소란스러웠다. 그가 사람들을 쳐다보며 물었다.

"지금 바깥이 엄청 시끄럽지 않아요?"

"응?"

"그러고 보니 그런 거 같기도 한데……."

"한번 확인하고 올게요."

승준은 바깥에 무슨 일이 일어났나 싶은 생각에 주방에서 나왔다. 그리고 문을 열고 가게 밖으로 나왔을 때였다.

그는 기겁할 수밖에 없었다.

분명 디너 타임은 오후 여섯 시부터라고 표시해서 팻말을 세워놨는데도 불구하고 그 뒤로 줄이 길게 늘어서 있었다. 그리고, 늘어서 있는 사람들의 수는 눈대중으로 헤아릴 수 없을 만큼 많았다.

사람이 얼마나 많이 늘어서 있는 건지 그것 때문에 경찰까지 나와서 교통정리를 할 정도였다.

승준은 그 모습을 보며 뿌듯한 미소를 지었다. 한수의 요리를 한 번이라도 맛보면 누구나 이런 현상을 예측하게 되는 게 당연한 일이었다.

그리고 승준을 뒤따라 나온 유 피디와 황 피디를 비롯한 제작진들은 이 광경을 보며 터지려는 웃음을 억지로 참아냈다.

'빙고!'

'그래, 이거지!'

그랬다.

이 정도면 「하루 세끼」 다음으로 예고되어 있는 이번 방송 역시 대박이 확정된 것이나 다름없었다. 방송이 대박 난 것과 별개로 길게 늘어선 사람들은 여러모로 골칫거리였다.

못해도 육십 명쯤 되는 사람들이 줄을 선 채 이곳 승기기(Senggigi) 거리를 메우고 있었다.

유 피디가 사람을 시켜 양해를 구하게 했지만 소용없었다. 몇몇은 납득하고 돌아갔지만 몇몇은 멀리서 소문을 듣고 이곳까지 왔다면서 버티는 중이었다.

"골치 아프게 됐네요."

유 피디가 머리를 긁적였다. 그래도 말이 통하는 사람들은 돌아갔지만, 말이 통하지 않는 사람들이 문제였다.

개중에는 한국인 관광객도 몇 팀 포함되어 있었다. 그래도 같은 한국인이면 말이 통할 거라고 생각했는데 오히려 더 강짜를 부리는 중이었다.

방송 촬영 중이라고 이야기해도 소용없었다. 얼굴에 철판을 단단히 깐 사람들이었다.

"어쩌겠어요. 그래도 장사 끝나고 문 닫으면 돌아가지 않을까요?"

"나도 그러고 싶긴 한데……."

유 피디가 걱정하는 건 다른 게 아니었다.

그들이 진상으로 돌변할까 봐.

그 점이 걱정이었다. 최근 들어 누군가 퍼뜨린 헛소문이 진실로 포장되고 그것이 악의적인 영향을 미치는 경우가 적지 않았다.

나중에 그것이 진실이 아닌 게 밝혀진다고 해도 이미 손상된 이미지는 회복시키기 어려운 게 사실이었다.

그렇기 때문에 유 피디는 일말의 걱정거리도 남겨놓고 싶지 않았다. 하지만 이건 프로그램을 기획한 유 피디조차 예상하지 못했던 일이었다.

그녀가 생각했던 건, 소수의 관광객이 찾아오고 맛을 보고 즐거움을 얻는 그런 식당이었다. 이렇게 사람들이 줄을 지어서 기다리고 트립 어드바이저에「지금 이 시기에 롬복에 여행을 왔다면 반드시 가 봐야 할 맛집」으로 소개되리라고는 전혀 상상조차 하지 못했던 일이었다.

그렇다 보니 이런 돌발 상황에서 그녀의 대처는 다소 미흡할 수밖에 없었다.

애초에 이번 「무엇이든 만들어드려요(Whatever it takes).」는 그녀의 입봉작이었다.

또한, 오랜 시간 회의를 거듭한 끝에 준비되어 나온 게 아니라 컨셉 하나만 놓고 조금은 즉흥적으로 시작한 것이기도 했다.

쩔쩔매고 있는 유 피디를 보며 황 피디가 혀를 찼다. 그가 유 피디를 향해 말했다.

"유 피디, 그러지 말고 한수 씨하고 의논해 보는 게 낫지 않을까?"

"아, 그럴까요?"

"그게 낫겠지."

유 피디는 황급히 주방으로 들어왔다. 승준이 미주알고주알 떠든 덕분에 한수는 바깥에 무슨 일이 벌어졌는지 알고 있었다.

망연자실해 하고 있는 유 피디 얼굴을 보며 한수가 입을 열었다.

"유 피디님, 어떻게 하실 생각이세요?"

"예? 일단 제 생각에는 저녁도 네 팀만 받는 게 나을 거 같아요. 한수 씨는 괜찮은 거 같지만 다른 출연자분들, 특히 서현 씨가 많이 힘들어하시더라고요."

서현이 그 말에 세차게 고개를 끄덕였다. 혼자 한수의 보조를 도맡아 하는 일은 결코 쉬운 게 아니었다.

차라리 서빙을 하는 게 낫다고 생각될 만큼 그녀한테 쌓인 피로도는 적지 않았다.

"그런데 승준이 말로는 바깥에 줄이 길게 늘어서 있다고 하더라고요. 어느 정도 정리를 했지만 그래도 네 팀 빼고 일곱 팀 정도는 더 남아 있는 거 같다고 하던데요?"

"예. 맞아요. 개중에서 한국에서 온 팀이 세 팀이에요. 원래 다른 네 팀도 돌아가려다가 그분들이 남는 바람에 혹시 하는 생각에 남아 있더라고요."

한수가 생각에 잠겼다. 이제 두 시간 뒤 디너 타임을 열어야 했다.

원래 받기로 한 건 네 팀. 그러나 기다리고 있는 게 일곱 팀 더 있었다.

"음, 예약자 명단을 만들어두면 어떨까요? 그날 바로 찾아온 손님들한테는 미안하니까 절반 정도, 그러니까 두 팀 자리는 시간을 비워두면 될 거 같은데요?"

"물어볼게요."

유 피디한테 이야기를 전달받은 FD 한 명이 그들에게 다가가서 사정을 설명하고 말을 꺼냈다.

그러나 그들의 태도는 안하무인이었다.

"우리 내일 귀국이에요! 근데 무슨 내일 예약을 잡으라는 거예요!"

"죄송하지만 그러면 오늘 식사는 어려우세요. 우리 레스토랑은 디너 타임에 딱 네 팀만 받고 있습니다."

"어머, 웃겨. 이런 마인드로 장사해서 되겠어요? 손님이 먹고 싶다는데 그럼 자리를 만들어서라도 대접해야 하는 거 아니에요?"

화장기 심한 아줌마 말에 FD가 얼굴을 붉혔다. 이들 행동이 외국에서 대한민국을 욕보이는 거라는 걸 모르는 걸까?

그렇지만 그는 화를 꾹꾹 억눌렀다. 유 피디도 어쩔 줄 몰라 하는데 자신이 괜히 나서서 분란을 키울 수는 없는 노릇이었다.

결국, 그는 다시 주방으로 돌아와서 이야기를 전달했다.

유 피디가 한숨을 내쉬었다.

"정말 골치 아프네요. 어쩌죠?"

"강경하게 나서는 게 맞을 거 같습니다. 괜히 어쭙잖게 대응하는 것보다는 원리원칙대로 나서죠."

"그래도 괜찮을까요?"

유 피디가 조심스럽게 물었다. 방송 시작하기도 전에 괜히 구설수에 오르고 싶은 생각은 없었다.

"우리 식당의 룰이잖아요. 그 룰을 어긴 건 그들이고요. 외국 분들에게는 제가 직접 설명하겠습니다."

한수는 주방을 나왔다. 그리고 바깥에서 기다리고 있던 외국 손님들에게 다가가서 일일이 사정을 설명했다.

그들은 흔쾌히 고개를 끄덕였다. 몇몇은 예약 장부에 자신의 이름을 남기고 떠났다. 그러나 그들 중에서도 몇몇은 내일 귀국인데 사정을 봐줄 수 없겠냐고 물어보곤 했다.

하지만 한수의 태도는 단호했다. 원칙을 세웠는데 그 원칙이 흐트러지면 그때 그 원칙은 아무 소용이 없어지게 되는 것이었다.

이럴 때일수록 중심을 잡아야 했다. 가게에서 그 모습을 지켜보던 제작진들이 감탄을 토해냈다.

"한수 씨, 보기보다 강단 있네요."

"그러게요, 진짜 세게 나가네요."

"문제는 저 아줌마들인데……."

그러나 한수는 그들과는 눈빛도 마주치지 않았다.

어차피 주변에는 인도네시아 정부에서 보낸 경찰들이 만일의 상황을 대비해서 있었다. 그들로부터 협조를 받으면 될 일이었다.

그렇게 남은 외국인 팀도 돌려보내고 주방으로 돌아왔을 때였다.

서빙 겸 총무 일을 도맡아보던 이현재가 비어 있는 시간에 짬을 내서 오늘 매출액을 어림잡아 계산해 보고 있었다.

원래대로라면 프랑스 코스 요리를 처음 시킨 커플 한 쌍에 로렌스 왕이 포함된 중국인 가족 네 명, 노부부 한 쌍, 슈니첼을 시킨 커플 한 쌍, 이탈리아 요리를 시킨 커플 한 쌍, 그리고 그다음 런치 타임에 추가로 받았던 네 팀 다 합쳐서 24명이 레스토랑을 왔다 갔으니 총 960만 루피아의 수익을 냈어야 했다.

하지만 이현재는 당혹스러운 얼굴로 낯선 지폐 마흔 장을 훑어보고 있었다.

"선생님, 무슨 문제라도 있으세요?"

유 피디가 의아한 얼굴로 물었다.

"그게 말이야. 어, 음, 일단 800만 루피아는 맞는데……."

"그런데요?"

"이건 루피아가 아니라 홍콩 달러 같단 말이야?"

이현재가 지폐 마흔 장을 건넸다. 그가 건넨 건 1,000홍콩 달러 마흔 장이었다.

한화로 치면 1,000 홍콩 달러 한 장이 14만 원이다.

"……이게 다 얼마예요?"

셈이 빠른 한수가 머쓱한 얼굴로 대답했다.

"다 합치면 육백만 원 정도?"

서현이 눈을 휘둥그레 떴다. 이 돈을 지불할 손님은 한 명뿐이었다.

"아마 로렌스 왕이 지불하고 간 모양이네요. 이 돈 받은 사람?"

승준이 손을 들었다. 한수가 의아한 얼굴로 물었다.

"승준아, 홍콩 달러인 줄 몰랐어?"

"그게요. 그러니까 로렌스 왕이 정말 잘 먹었다면서 자신이 느낀 감동을 놓고 간다고 그러기에 미처 말을 못 꺼냈었어요."

한수는 헛기침을 흘렸다. 그러나 그의 씀씀이가 이해 안 가는 건 아니었다. 어차피 그는 마카오 최고의 부자고 아시아에서도 손꼽히는 부자니까.

그렇다고 한 끼 식사로 1인당 140만 원 가까이 되는 돈을 내고 갈 줄은 생각지도 못했다.

한수가 유 피디를 보며 물었다.

"유 피디님, 이왕 이렇게 된 거 여기 식당에서 번 수익금은 전액 다 불우이웃 돕기로 쓰는 건 어떨까요? 어차피 제작비에서 차감된다고 들었거든요."

"괜찮은데요? 국장님께 한번 여쭤보긴 해야겠지만……."

"괜찮습니다. 그렇게 하시죠."

황 피디가 흔쾌히 대답했다. 유 피디가 깜짝 놀란 얼굴로 황 피디를 쳐다봤다.

"……괜찮을까요?"

"시청률만 잘 뽑으면 뭐든 허용해 주는 게 이 바닥이야. 그리고 불우이웃돕기 한다는데 TBC에서 뭐라고 하겠어? 뭐라고 하면 그거야말로 염치없는 거지."

결국, 그들은 이번 촬영에서 번 수익은 모두 불우이웃돕기에 기증하기로 뜻을 모았다.

그리고 어느덧 디너 타임이 되었다. 또다시 주방에서 전쟁이 시작됐다.

두 시간 넘게 기다리고 있던 손님들이 차례차례 식당으로 들어왔고 앞서 기다리던 네 팀이 각각 테이블을 차지하고 앉았다.

그런 다음 「CLOSED」 푯말을 내걸려 할 때였다. 바로 뒤에서 기다리던 아줌마 몇 명이 다짜고짜 식당 안으로 들어왔다.

그리고는 커플들이 앉아 있는 자리 옆을 비집고 들어가 앉았다.

승준이 당혹스러운 얼굴로 그들을 보다가 정중한 목소리로 말했다.

"저, 오늘 영업은 이 네 팀이 마지막입니다. 죄송하지만 자리를 비켜주셨으면 좋겠습니다."

"아니, 이렇게 자리가 남는데! 왜 손님을 안 받는다는 건데요! 이거 너무한 거 아니에요? 자리 남으면 까짓것 동석할 수도 있는 거잖아요!"

"손님, 죄송하지만 지금 이렇게 행패 부리시는 거 전부 다촬영 중입니다. 그러니까 이만 소란 피우고 나가주시면 안 될까요?"

"아니, 내가 뭐 잘못한 거 있어요? 나도 엄연히 손님이라고요! 나도 두 시간 넘게 서서 기다렸다고요! 그러면 손님 대접을 해줘야 할 거 아니에요!"

막무가내로 떼쓰는 그들 모습에 승준의 얼굴이 딱딱하게굳었다. 그때 참지 못하고 이현재가 직접 나섰다.

"아줌마! 그러면 안 되는 겁니다!"

"뭐라고요? 지금 저보고 아줌마라고 그랬어요? 당신 배우 이현재 맞지? 나보고 아줌마라 그랬다고 내가 귀국하면바로 글 남길 거야. 어디서 감히 처음 보는 여자한테 아줌마야! 어?"

"……."

이현재도 부글부글 끓는 속을 억지로 억눌렀다.

그때 제작진이 강수를 뒀다. 근처에서 소란을 감지하던 인도네시아 경찰들이 달려와서 그들을 강제로 끌어내기 시작했다.

그들은 악다구니를 쓰며 난리를 피워댔지만, 공권력 앞에서는 소용없는 일이었다. 어느 정도 상황을 파악한 몇몇 한국인 관광객들은 똑같이 진상을 부리려다가 금세 뿔뿔이 흩어졌다.

그리고 가게 안까지 들어와서 진상을 피우던 아줌마 세 명은 경찰서로 압송되었다.

주방에서 한창 요리 중이던 한수도 지금 벌어지고 있는 소란에 눈살을 찌푸렸다.

외국으로 여행을 가서 나라 망신시키는 사람들이 종종 있다더니 저런 사람들을 일컫는 게 아닌가 싶었다. 그는 불쾌한 기분을 털어내며 요리에 집중했다.

오랜 시간 기다린 손님들에게 최상의 맛을 선사하기 위해서였다. 그러는 한편 아뮤즈 부쉬를 몇 개 더 만들었다. 그리고 내일 귀국해야 한다던 몇몇 손님들에게 아쉽지만 아뮤즈 부쉬를 하나씩 건넸다.

런치와 디너 각각 네 팀만 받기 때문에 식사는 대접할 수 없지만 그래도 이곳까지 온 김에 작은 성의를 보이겠다는 한수 말에 조용히 기다리던 몇몇 외국 손님들과 한국 손님들은 한 입 거리밖에 안 되는 아뮤즈 부쉬였지만 그걸로 위안을 삼을 수 있었다.

그렇게 말도 많고 소란스럽기까지 했던 디너 타임도 끝이 났다. 정산을 마치고 가게 문을 닫은 다음 첫날 장사를 끝내고 풀빌라 리조트로 돌아와서 휴식을 취할 때였다.

우려하던 일이 터지고 말았다. 몇 시간 뒤, 국내 최대 포털 사이트 연예란에 기사 하나가 떴다.

「외국에서 촬영 중인 방송국의 갑질? 한국인의 정(情)을 느끼고 싶다.」라는 자극적인 제목의 기사였다.

기사 내용도 제목만큼 자극적이었다.

인도네시아 롬복에서 촬영 중인 방송국 예능 프로그램 제작진들이 외국인의 반응을 알아보는 것이 주목적인 탓에 촬영 중인 레스토랑에서 저녁을 먹으려는 한국인을 일부러 배제시켰고 인도네시아 경찰을 불러 끌고 가게 했다는 내용이었다.

출처는 또 다른 포털 사이트의 게시판에 누군가 등록한 글이었다.

실제로 그 글이 캡처되어 올라가 있었다. 기자를 확인해 보니 이름도 적혀 있지 않았고 달랑 메일 주소 하나만 남겨져 있었다.

그것을 본 유 피디가 눈매를 좁혔다. 예상했던 일이 터지고 말았다.

'국장님한테 부탁을 드려야 하나.'

그녀가 곤혹스러워할 때였다. 어떻게 같은 한국인한테 그럴 수 있냐는 댓글이 하나둘 삭제되더니 새로운 코멘트가 속속 올라오기 시작했다.

유 피디는 그것을 보며 눈을 휘둥그레 떴다. 여론이 반전되고 있었다. 그건 누군가 올린 리뷰 때문이었다.

그는 방금 롬복에 있다가 귀국 중인 관광객이라고 자신을 소개하며 일의 전후 사정을 밝히고 있었다.

그 역시 갑자기 트립 어드바이저에 뜬 레스토랑이 있어서 찾아갔다가 너무 적은 인원만 받는 까닭에 미처 저녁을 먹지 못했다고 밝히고 있었다.

그러면서 그는 제작진이 정중하게 양해를 구했는데도 불구하고 한국인 관광객 몇몇이 소란을 피웠으며 그들 때문에 창피했다고 이야기를 덧붙였다.

끝으로 그들은 모두 인도네시아 경찰에 의해 연행됐으며 자신은 비록 코스 요리는 먹지 못했지만 그 대신 아뮤즈 부쉬를 서비스로 먹을 수 있었다면서 스푼에 올려져 있는 보석처럼 세공된 아뮤즈 부쉬를 사진으로 찍어 올려놓았다.

그 리뷰 덕분에 냄비처럼 들끓던 여론은 조금씩 가라앉았고 역시 전후 사정은 양쪽 말을 다 듣고 나서 판단해도 늦지 않다는 자기성찰이 뒤를 이었다.

"휴, 천만다행이네."

그래도 제대로 취재도 하지 않고 기사를 올려버린 이 기자는 문제가 있었다.

그때였다. 언론사의 요청에 의해 기사가 삭제됐다고 뜨며 기사 자체가 사라졌다.

그 대신 메인을 차지한 건 「창피한 한국 관광 문화, 도 넘은 몇몇 관광객의 추태」라는 제목으로 올라온 새 기사였다.

유 피디는 새롭게 메인에 뜬 기사를 확인했다. 이 역시 롬 복에서 있었던 일을 다루고 있었다. 그러나 이전 기사보다 훨씬 더 현지 상황을 정확하게 알고 있었고 동영상도 첨부된 상태였다.

유 피디는 동영상을 확인해 보며 이 기사를 올린 게 누군지 알 수 있었다.

황 피디가 분명했다. 그녀가 전화를 걸려 할 때 문을 두드리는 소리가 들렸다.

"누구세요?"

"유 피디, 나야. 들어가도 되지?"

"예, 선배님. 들어오세요."

그녀를 찾아온 건 황 피디였다. 유 피디는 황 피디를 보자마자 기사를 가리키며 물었다.

"선배님이 올리신 거예요?"

"응? 내가 언제부터 기자였었나?"

"네?"

"나도 몰라. 누가 카메라로 촬영하다가 제보했나 보지."

"……."

유 피디가 어이없는 얼굴로 황 피디를 바라봤다. 아무리 봐도 이건 휴대폰으로 찍어서 나올 만한 화질의 영상이 아니었다. 딱 봐도 그들이 촬영 중이던 걸 그새 편집해서 한국에 보낸 게 분명했다.

"고마워요, 선배님."

황 피디가 머쓱하게 웃어 보였다.

"후배 앞길을 꽃길이 되게 도와주는 것도 선배의 의무지. 그보다 내일 촬영 준비는 하고 있어?"

"아, 예. 그럼요."

"출연자들 컨디션은 확인했고?"

조금 전까지 포털 사이트 메인을 뜨겁게 달궜던 이 기사 때문에 정신없이 바빴던 유 피디였다.

허둥지둥하던 그녀가 머뭇거리다가 조심스럽게 입을 열었다.

"죄송해요. 미처 확인하지 못했어요."

"그럴 거 같았어."

"무슨 문제라도 있어요?"

"서현 씨가 많이 아파. 앓아누웠어. 의사 말로는 과로 때문에 그런 것 같다고 내일 하루는 쉬는 게 좋겠다고 말하더라."

"……정말요?"

유 피디 얼굴이 새파랗게 질렸다.

출연자들의 건강을 책임져야 하는 것도 그녀의 의무였다. 지금 그녀는 메인 피디로서 챙겨야 할 일을 제대로 못 챙긴 것이나 다름없었다.

황 피디가 유 피디를 진정시켰다.

"괜찮아. 서현 씨는 지금 링겔 맞으면서 쉬고 있어. 한수 씨가 옆에서 간호 중이고."

"그래요?"

"어. 걱정하지 마. 그보다 내일 촬영은 어떻게 하려고 그래? 한수 씨가 워낙 손이 빠르고 조리에 능하긴 해도 혼자 모든 요리를 만드는 건 힘들 거야."

"……글쎄요, 이렇게 될 줄은 생각지도 못해서……."

그러나 첫날부터 워낙 힘들었던 게 사실이었다.

특히 런치 타임에는 무려 아홉 팀을 소화해야 했다.

괜히 서현이 주부습진에 걸리는 거 아니냐고 걱정한 게 아니었다.

"그래서 말인데 아까 연락이 왔는데……."

"예? 정말이에요?"

"어. 어때? 생각 있어?"

"저야 고맙죠. 그런데 무슨 생각이래요? 예능 출연 안한 지 삼 년은 넘은 걸로 아는데."

"여기까지 오는 목적은 우리 프로그램이 아니야."

"그럼…….."

"어. 한수 씨가 목적이라고 하더라고, 어쨌든 한수 씨하고도 한번 이야기는 나눠봐야 할 거야. 이따 만나기로 했으니까 같이 가자. 이 프로그램 메인 피디는 너잖아. 그런 만큼 더 기운 내고."

"네, 선배님."

유 피디가 밝게 미소를 지어 보였다.

한수와 승준은 몸살이 난 서현을 간호 중이었다.

덕분에 승준이 주방 보조로 전복을 손질해야 했고 한수는 손질된 전복으로 전복죽을 끓여야 했다.

고열에 시달리고 있는 서현을 보며 한수가 죽을 한 수저 떠서 건넸다. 그래도 그녀는 맛있게 한수가 건넨 죽을 받아 삼켰다.

그러다가 죽을 먹고 나서는 금세 식은땀을 연거푸 흘리고 있었다. 그때 서현을 담당하는 매니저가 새로 짠 수건을 가져와서 그녀 이마에 올렸다.

그가 한수와 승준에게 고개를 꾸벅 숙여 보였다.

"정말 감사합니다."

"감사할 게 뭐 있어요. 첫날부터 무리시킨 제 잘못이죠. 문제는 내일 촬영이네요."

"……하, 할 수 있어."

서현이 간신히 말을 꺼냈다.

그 말에 승준이 말했다.

"누나, 지금 이 상태로는 촬영 못 해요. 그러다가 진짜 쓰러져요."

"괜찮아. 촤, 촬영하러 온 건데 미, 민폐를 끼칠 수는 없어."

"걱정하지 마. 황 피디님이 대타를 한 명 구해본대."

서현이 그 말에 눈을 동그랗게 떴다.

"대…… 타?"

그러고는 그녀가 몸을 일으키려 했다. 한수가 그런 그녀를 진정시켰다.

"진정해. 일일 아르바이트로 쓴다는 거 같았어."

"누군데?"

"나도 아직 이름은 못 들었어. 이따가 감독님이 와서 논의 좀 하자고 하셨는데……."

똑똑―

노크 소리가 들렸다. 서현의 매니저가 달려나갔다. 그리고 그가 문을 열어젖혔다.

서현이 누워 있는 방에 찾아온 건 황 피디와 유 피디였다. 말이 무섭게 그들이 찾아온 셈이다.

방 안으로 들어온 뒤 유 피디가 침대에 누워 있는 서현을 보며 물었다.

"서현 씨, 괜찮아요? 미안해요. 제가 신경 써야 했는데 그러질 못했네요."

"괜찮…… 아요, 감독님. 그보다 저 대신…… 누가 들어온다던데 그게 누군가요?"

서현은 지금 극도로 예민한 상태였다. 그녀가 날 선 목소리로 유 피디를 보며 물었다. 일일 아르바이트라고 하지만 아르바이트를 하면서 그녀가 매력을 발산해 버리면?

그녀가 모든 스포트라이트를 차지할 게 뻔하다. 서현 입장에서는 예민하게 받아들일 수밖에 없었다.

유 피디가 머뭇거렸다. 그때 황 피디가 말을 꺼냈다.

"권지연 씨가 일일 아르바이트로 참가할 생각입니다."

"……누, 누구요?"

"권지연 씨요."

황 피디 말에 승준이 눈을 휘둥그레 떴다. 반면에 서현의 얼굴은 딱딱하게 굳어져 있었다.

"걔, 걔가 왜 와요!"

서현이 소리쳤다.

권지연.

국내 20대 여가수 중에서는 압도적인 음원 파괴력을 자랑하는 솔로 싱어송라이터다.

3년 전까지만 해도 예능 프로그램에 활발하게 얼굴을 비췄지만, 그 이후 그녀는 일체의 예능 활동을 그만두고 노래에만 집중하기 시작했다.

그 이후 연달아 내놓은 앨범 두 개가 모조리 히트를 쳤고 지붕을 뚫으며 음원 차트에 줄 세우기를 기록했다. 그런 그녀가 3년 만에 일일 아르바이트생이긴 해도 예능 프로그램에 나온다면 적잖게 화제가 될 게 분명했다.

황 피디가 서현을 보며 말했다.

"걱정하지 마요. 분량은 적당히 쳐낼 거고 최대한 서현 씨한테는 부담 안 가게 할 겁니다. 어디까지나 우리 프로그램 고정 출연자는 권지연 씨가 아니라 서현 씨니까요."

"……그래도."

"저희도 서현 씨 마음은 이해합니다. 그렇지만 의사 선생님이 서현 씨는 내일까지는 푹 쉬어둬야 한다더군요. 그렇다고 한수 씨 한 명한테 주방을 전부 다 맡기는 건 불가능한 일이고요. 양해 부탁드립니다."

"소속사에서는…… 뭐라고 하던가요……?"

"이해한다는군요."

서현이 한숨을 내쉬었다.

갑작스러운 몸살 때문에 하루이긴 해도 한수의 옆자리를 내줘야 한다는 게 여간 신경 쓰이는 게 아니었다.

그때 황 피디가 인중을 손가락으로 매만지며 입을 열었다.

"문제는 권지연 씨가 요구하는 조건이 하나 있습니다."

"요구 조건이요?"

"예, 그 조건만 수용이 되면 하루 정도는 출연할 수 있다고 하더군요."

권지연도 톱스타다.

20대 여가수 중에서는 그녀가 사실상 원톱이라 할 수 있다. 여기 있는 출연자들 가운데 인기 면에서는 그녀한테 비빌 상대가 없다.

물론 배우 이현재는 급이 남다르지만, 순전히 인기 척도만 놓고 보면 권지연은 특 S급이기 때문이다.

한수가 황 피디를 보며 물었다.

"요구 조건이 뭔가요?"

어쨌거나 자신의 이름을 내걸고 하는 프로그램이다. 그 조건이 너무 불합리한 것만 아니라면 들어줄 용의가 있었다.

유 피디가 입을 열었다.

"새 앨범 작업을 준비 중인데 콜라보레이션할 상대가 필요하다더군요. 그런데 한수 씨가 부르는 노래를 듣고 콜라보레이션이 가능한지 들어보고 싶다던데요?"

"예? 그게 무슨……."

한수와 3팀장이 어이없는 얼굴로 유 피디를 쳐다봤다. 그는 순간 유 피디가 서프라이즈를 하는 게 아닌가 그런 생각마저 들 정도였다.

그러나 유 피디의 표정은 단호했다. 황 피디가 유 피디의 말을 이었다.

"엘레인 엔터테인먼트 말로는 권지연 씨가 故 장민석 씨의 목소리 톤을 낼 수 있는 가수를 필요로 한다더군요."

"네? 형, 그게 가능해요?"

한수가 머릿속을 헤집었다.

「K-POP TV」에서 그는 故 장민석의 영상도 몇 차례 본 적이 있었다. 그의 목소리 톤을 따라 부르는 것도 가능하긴 했다. 그렇지만 그녀가 원하는 퀄리티를 만족시켜줄 수 있을지는 의문이었다.

"음, 해봐야 알 거 같긴 한데……."

안 된다고는 말하지 않는 한수를 보며 황 피디가 침을 꿀꺽 삼켰다.

"그건 그렇고 당장 내일 촬영인데 지금 연락한다고 해서 촬영에 맞춰 올 수 있을까요? 시차는 많이 안 난다고 하지만……."

"그건 걱정하지 않으셔도 돼요. 이미 출발했다고 하더라고요."

"예?"

"소속사에 한수 씨 섭외해 보려고 롬복에 간다고 말만 하고 바로 비행기 표 끊은 모양이에요."

"……원래 그분 성격이 그렇게 제멋대로예요?"

황 피디는 예전에 한 차례 권지연과 예능 프로그램을 촬영해 본 경험이 있었다.

"그렇지는 않아요. 권지연 씨는 평상시 성격은 되게 활발하고 털털해요. 가끔 보면 애늙은이를 보는 것처럼 조숙하기도 하고요. 그렇게 생뚱맞진 않아요."

그러나 그녀의 행동은 조금 상식을 벗어난 감이 없지 않아 있었다.

황 피디는 권지연이 왜 그런 행동을 한 건지 어렴풋이 이해할 수 있을 것 같았다. 새로운 앨범, 벌써 몇 달째 심혈을 기울여 준비 중이라고 알고 있다.

어떻게든 앨범을 내고 싶어서 몸이 잔뜩 달아올랐을 터.

그녀가 서두를 수밖에 없는 이유가 있었다. 하지만 황 피디는 이내 권지연 생각을 거둔 채 한수를 빤히 쳐다봤다.

평상시에는 제아무리 머리를 굴려도 좋은 기획안이 나오

질 않는다. 마치 변비처럼 아무리 용을 써도 미동조차 안 한다. 그러나 한수를 보면 머릿속에서 기획안이 샘솟듯 솟아오른다.

황 피디는 지금도 새롭게 알게 된 그의 능력을 바탕으로 또 무슨 프로그램을 만들면 좋을까 생각하고 있었다. 「숨은 가수 찾기」에서 윤환과 임태호를 모창한 건 알고 있었지만, ₩ 장민석의 노래까지도 모창이 된다고 하는 걸 보니 흥분을 감출 수가 없었다.

만약 황 피디가 쉐프라면? 한수는 어떻게 만들어도 맛있는 요리가 되어줄 수 있는 최고의 재료라고 할 수 있었다.

그런 생각을 하고 있을 때 휴대폰이 울렸다. 황 피디가 헛웃음을 흘렸다. 액정에 뜬 전화번호는 권지연 매니저의 것이었다.

전화를 끝낸 황 피디가 머쓱하게 웃으며 방 안에 들어왔다. 유 피디가 눈을 동그랗게 뜨며 물었다.

"선배님, 누구예요?"

"권지연 씨 매니저. 롬복 공항에 이미 도착했대. 어디로 오면 되냐고 하네?"

"……벌써 왔대요?"

유 피디는 혀를 내둘렀다.

만약 한수하고 콜라보레이션이 불가능했으면 그녀는 애꿎

은 시간을 날리는 셈이었다. 그런데도 무작정 비행기를 타고 이곳까지 왔다는 게 대단히 놀라웠다.

황 피디가 유 피디의 그런 생각을 읽었다. 그가 유 피디를 보며 말했다.

"그 정도로 새 앨범에 대한 집착이 대단하다는 거야. 벌써 몇 달째 대안을 찾지 못해 헤맸을 정도니까."

유 피디가 고개를 끄덕였다. 생각해 보면 한수가 「숨은 가수 찾기」에 출연한 건 7월 말에서 8월 초 사이의 일이었다. 그러나 그때에만 해도 한수는 임태호하고 윤환, 두 사람의 모창만 가능한 것처럼 알려져 있었다.

실제로 그 이후 한수는 「숨은 가수 찾기」에 출연하지 않았으니까. 그런데도 권지연이 이렇게 비행기를 타고 이곳 롬복까지 왔다는 건 어디선가 소스를 얻었다고밖에 생각이 되지 않았다.

한수는 혹시 하는 생각이 들었다.

혹시 윤환이 이야기를 꺼내놓은 건 아닐까? 하는 그런 쓸데없는 추측. 그런데 한수가 눈매를 좁혔다. 왠지 모르게 3팀장도 비슷한 표정을 짓고 있었다.

"팀장님, 설마 윤환 형이 밖에 나가서 떠벌리고 다닌 건 아니겠죠?"

"그럴 리가. 그러고 보니 너 「스타 플러스 라디오」에서도 모창했잖아. 그때 故 장민석 씨 노래 불렀던 거 아니야?"

"예? 그럴 리가요. 그땐 임태호 선배님하고 윤환 형 노래만 모창했었어요. 아, 진짜 이 형이……."

한수는 곧장 윤환에게 전화를 걸었다. 얼마 지나지 않아 잔뜩 술에 취한 윤환이 전화를 받았다.

—……여보세요?

"형. 전데요."

—누구…… 뭐야! 혼자 해외여행 간 강한수잖아. 아니지, 석준이 형도 따라갔지? 에이, 퉤.

"아, 그건 됐고 뭐 하나 물어볼 게 있어요."

—뭔, 데?

"형, 권지연이라고 알아요?"

—지연이? 알지. 내가 얼마나 아끼는 후배, 인데. 근데 걔는 왜?

"……권지연 씨한테 저에 관한 이야기 뭐 한 적 있어요?"

잠시 말문이 멈췄다. 그러더니 윤환이 미주알고주알 이야기를 술술 털어놓았다.

—얼마 전에 걔가 새 앨범을 준비 중이라는데 엄청 힘들어하더라고. 그래서 뭐가 문제냐고 물어보니까 콜라보레이션을 하고 싶은데 마음에 드는 또래 가수가 없다는 거야. 그래서 누가 필요한 거냐고 했지.

"했더니요?"

─故 장민석 씨 같은 목소리를 원한다 하더라고. 그래서 내가 말이야. 또 우리 후배들 챙기는 건 엄청 잘한단 말이야. 그러다 보니까 딱 네 생각이 나더라고. 너 모창 기가 막히잖아. 이제는 네 목소리로도 낼 수 있고. 그래서 널 한번 만나보라 했지. 그런데 그게 왜?

한수는 그대로 전화를 끊었다. 역시 범인은 멀리 있는 게 아니었다. 바로 가까이 있었다.

윤환, 그가 범인이었다. 그런데 옆에서 조마조마하게 이야기를 듣고 있던 3팀장이 갑자기 딸꾹질을 했다.

한수는 속으로 길게 한숨을 내쉬었다. 그의 모창 실력을 아는 사람은 윤환 말고도 한 명이 더 있다.

그 날 실수한 이후 자신을 그림자처럼 따라다니는 3팀장이다. 아마도 그가 윤환한테 바람을 불어넣었을 게 분명하다. 한수는 3팀장을 데리고 서현의 방을 나왔다.

그리고 조용한 곳에 가서 물었다.

"왜 그러셨어요?"

"권지연은 국내 최고의 솔로 여가수야. 지금 그녀는 누구도 범접할 수가 없어. 아이돌 그룹 중에서 V.I.P 빼면 걔가 끝판 왕이란 말이야. 그런데 연달아 앨범을 히트 치면서 한창 주가가 높은 권지연이 콜라보레이션을 준비 중이란 말이지. 그때

네가 딱! 그 자리를 차지한다고 생각해 봐. 예능 한두 개 출연하는 것보다 훨씬 더 많은 인지도를 단숨에 쌓을 수 있어. 그리고 가수로서의 영역도 차지할 수 있고."

"팀장님은 제가 가수가 되길 바라시는 거예요?"

3팀장이 망설이던 끝에 고개를 끄덕였다.

"그래."

한수는 그를 빤히 쳐다봤다. 생각해 보니 처음 그를 만난 곳이 홍대 버스킹 장소였다.

그곳에서 한창 윤환의 노래를 부르고 나서 그를 만났고 그가 처음 꺼낸 제의가 아이돌 그룹 리더가 되어볼 생각이 없냐는 것이었다.

한수가 몸치인 탓에 그 제안은 거품처럼 사라졌지만 아마 그때부터 3팀장은 자신을 가수로 키우고 싶었던 것이다. 게다가 「숨은 가수 찾기」에 나와서 연달아 대박을 터뜨렸다. 그러나 결정적인 계기는 따로 있다.

윤환의 콘서트에서 한수가 불렀던 노래.

그때 한수는 「발라드」영역을 100% 마스터하면서 자신의 목소리를 낼 수 있게 됐고 윤환의 노래를 듣기 위해 모인 수많은 팬을 일시에 자신의 팬으로 만들어 버렸다.

아마도 3팀장은 그때 일을 계속해서 머릿속에 담아두고 있었을 게 분명했다. 어쨌든 이번 일도 자신을 위해 저지른 일이었다.

또, 권지연이 그 떡밥을 문 것이었다. 한수가 웃으며 말했다.

"알았어요. 한번 만나보죠. 뭐, 그래서 콜라보레이션 하자고 하면, 하면 되겠죠."

그러나 말을 내뱉는 한수의 표정에는 자신감이 가득 했다.

롬복 공항에서 승기기(Senggigi)까지는 자동차로 한 시간이 넘게 걸린다.

권지연이 매니저와 함께 「무엇이든 만들어드려요」에 도착한 건 저녁 열한 시 무렵이 되어서였다.

숙소 앞에서 한수는 그녀를 처음 마주할 수 있었다. 물론 몇 차례 텔레비전에서 보긴 했다.

그때는 작고 어린 소녀였다. 그러나 실물은 남달랐다. 사람을 긴장시키게 하는 위압감 같은 게 느껴지고 있었다.

한수는 그 위압감이 어디서 풍겨 나오는지 깨달았다. 그녀가 지금 갖고 있는 위치 그리고 그녀의 이름값, 실력 등. 이 모든 게 종합적으로 나타난 것이다.

톱스타만이 내보이는 아우라. 배우 정수아나 장희연에게서 느낀 그 아우라를 그녀한테도 느낄 수가 있었다.

권지연은 강한수를 빤히 쳐다보다가 먼저 손을 내밀었다.

"반가워요. 권지연이에요."

그녀의 목소리는 그 자체만으로도 아름다웠다. 사람의 마음을 잡아끄는 그런 마력이 존재했다.

"처음 뵙겠습니다. 강한수입니다."

"윤환 오빠한테 이야기 많이 들었어요. 모창을 그렇게 잘하신다고요?"

"모창도 잘하지만 노래도 잘 부릅니다."

"자신감이 대단하시네요. 좋아요. 제가 내건 조건은 들으셨죠? 이 프로그램에 하루 출연하는 대신 강한수 씨가 제 앨범의 콜라보레이션을 도와주셨으면 좋겠어요."

3팀장이 나서려 할 때 한수가 먼저 말을 꺼냈다.

"그와 별개로 음원이나 음반 관련 계약은 따로 해야겠죠?"

"물론이죠. 그러나 이건 어디까지나 강한수 씨가 제가 원하는 조건을 충족시킬 경우예요. 만약 그게 불가능하다면 저는 여기서 하루 쉰 다음 귀국할 거예요."

그녀의 목소리는 단호했다. 한수가 고개를 끄덕였다. 지극히 합리적인 조건이었다.

"테스트는 여기서 하실 건가요?"

"예, 간단해요. 한 소절만 들으면 충분하거든요."

그때 뒤에서 끼어들 기회를 엿보고 있던 황 피디가 슬쩍 앞으로 나왔다. 그가 권지연을 보며 말했다.

"지연 씨, 오랜만이에요."

"안녕하세요, 황 피디님. 예전에 ABS에서 예능 찍을 때 한 번 봤는데 그 이후로 오랜만이네요. TBC로 이직했다는 건 들었어요. 「하루 세끼」도 재미있게 봤고요."

"고마워요. 그런데 한수 씨가 콜라보레이션을 못하게 되어도 일일 아르바이트로 한 번만 출연해 줄 수는 없을까요?"

"글쎄요, 저는 지금 새 앨범에만 집중하고 있어서요. 가급적 황 피디님 부탁은 들어드리고 싶은데…… 죄송해요. 저한테 이번 앨범이 얼마나 중요한지 잘 아실 거라고 생각해요."

"물론 잘 알고 있죠. 그런데 원래 출연자인 김서현 씨가 과로로 지금 앓아누웠어요. 그래서 내일 한수 씨를 도와줄 주방 보조가 아예 없는 상태에요. 이왕 지연 씨가 여기까지 온 김에 한 번 도와줄 수 없을까요?"

그러나 지연의 태도는 완강했다. 만약 한수와 콜라보레이션이 가능하다면 남겠지만 그렇지 않으면 내일 곧장 귀국한 뒤 앨범 준비에 심혈을 기울일 것이라는 게 그녀의 이야기였다.

심지어 이건 엘레인 엔터테인먼트에서도 몇 차례 설득을 거듭했지만 소용없었다. 엘레인 엔터테인먼트도 소문을 들어 알고 있었다.

한 차례 구설에 휘말리긴 했지만 그건 금세 사그라들었고 오히려 기대감을 키우는 효과를 만들어냈다.

몇몇 관광객이 찍어 올린 사진에는 「무엇이든 만들어드려요」 식당에 기다랗게 줄을 선 채 기다리는 손님들 모습도 담겨 있었기 때문이다.

구설수에 오른 게 본의 아니게 스포일러를 만들어낸 셈이었다.

게다가 황금사단에서 「하루 세끼」 다음으로 제작 중인 프로그램에 요새 핫한 강한수가 메인으로 나서는 첫 예능 프로그램이었다. 그런 만큼 고정이 아니라 일일 아르바이트로 출연하는 건 나쁘지 않았다.

하지만 권지연의 생각은 완강했고 엘레인 엔터테인먼트도 그런 권지연의 생각을 꺾을 수는 없었다.

"어떻게 할래요? 여기서 바로 할래요? 아니면 자리를 옮길래요?"

권지연이 한수를 보며 물었다. 한수가 흔쾌히 대답했다.

"여기서 해도 문제없습니다."

결국, 출연자들과 제작진들이 지켜보는 가운데 한수는 목소리를 가다듬었다.

이곳 롬복에 와서까지 노래를 부르게 될 줄은 생각지도 못한 일이었다. 그것도 잠시 한수는 천천히 감정을 이끌어내기 시작했다.

그가 부르기로 결심한 노래는 「먼지가 되어」였다.

☆ 장민석의 명곡 가운데 하나로 실제 원곡 가수는 「먼지가 되어」의 작곡가였다.

그러다가 두 번 리메이크된 뒤 ☆ 장민석이 세 번째로 리메이크하면서 대중적으로 인기를 탄 게 바로 이 노래였다. 권지연은 커다란 눈으로 한수를 가만히 바라봤다.

이제 그의 노래를 들을 수 있게 될 터. 첫 소절만 들어도 자신이 원하는 목소리인지 아닌지 깨달을 수 있을 게 분명했다.

그렇게 한수가 목소리를 내려 할 때였다. 황 피디가 갑자기 한수를 멈춰 세웠다.

"잠시만요, 한수 씨."

권지연이 눈살을 찌푸렸다.

"감독님, 가장 중요한 순간에 왜 그러세요!"

"한수 씨한테 뭐 하나 물어볼 게 있어서요."

"……말씀하세요."

한창 감정을 잡고 있던 한수가 멋쩍은 얼굴로 황 피디를 보며 물었다.

"지금 이것도 「무엇이든 만들어드려요」에 내보내도 되는 거죠?"

"예? 이것도요?"

한수가 얼굴을 붉혔다.

그러나 황 피디는 아르바이트생을 고용하기 위한 사장의 노력으로 써먹어야 한다고 열변을 토했다. 한수는 엄마 못지 않은 달변가가 또 있다는 걸 새삼 깨달을 수 있었다.

카메라가 세팅되고 조명이 켜졌다. 졸지에 무대가 만들어 졌고 한수가 그 무대에 섰다. 바로 앞에는 권지연이 자신을 뚫 어지게 바라보고 있었다.

그녀는 지금 이 상황을 전혀 신경 쓰지 않았다. 오로지 자 신의 노래만을 들으려 하고 있었다. 한수는 故 장민석의 노래 를 생각했다.

누군가는 이런 말을 했다.

다른 가수는 어쩌면 비슷하게 흉내 낼 수 있겠지만 이 가수 만큼은 절대 그 느낌을 반의반도 흉내 낼 수 없는 가수가 딱 한 명 있다고.

그 가수가 바로 故 장민석이었다.

불세출의 가수. 그건 그의 가창력이 탁월해서가 아니었다. 가슴을 울리는 그의 가사 전달력 때문이었다.

기술이 아닌 감성의 영역.

한수가 재현해 내야 하는 건 바로 그것이었다. 그리고, 많 은 사람이 지켜보는 가운데 한수가 입술을 떼었다.

바하의 선율에 젖은 날에는.

모든 사람이 귀를 기울이는 가운데 한수의 노래가 시작
됐다.

첫음을 들은 순간 권지연이 눈매를 좁혔다. 그녀가 원한 건
故 장민석의 목소리였다. 그러나 이건 故 장민석의 목소리가
아니었다.

권지연은 입술을 깨물었다. 장기간 비행기를 타고 또 한 시
간 동안 이곳까지 자동차를 타고 급하게 온 시간이 아깝게 느
껴졌다.

그때였다.

첫음 이후 한수가 계속해서 노래를 부르는 동안 권지연은

가슴을 조이는 듯한 애련한 그 느낌에 자신도 모르게 주저앉았다.

일어날 수 없었다. 지금 이 노래에 심취한 채 그녀는 숨을 죽였다. 주변을 돌아보니 노래에 심취한 건 자신만이 아니었다.

다들 한수가 부르는 노래와 그 분위기에 젖어 있었다. 한수는 기술에만 의존하려 하지 않았다. 감정을 건드리고자 했다.

일단 「발라드」가 100% 되면서 그는 새로운 능력을 자각하게 됐다. 자신의 목소리로도 제대로 된 소리를 낼 수 있게 됐다. 게다가 한수는 故 장민석의 지식과 경험을 고스란히 간직하고 있었다.

그 모든 것이 합쳐졌다. 그러면서 분명히 故 장민석의 목소리는 아닌데도 그의 감성을 애련하게 그려내는 소리가 터져 나왔다.

노래가 하이라이트에 이르렀을 때였다. 「먼지가 되어」를 듣고 있던 사람들이 눈시울을 붉히기 시작했다.

그리고 노래가 끝났을 때. 그들은 참았던 숨을 그제야 토해 냈다.

권지연은 믿을 수 없다는 얼굴로 한수를 바라봤다.

'어떻게…….'

자신과 동갑내기로 알고 있다. 그런데 지금 그가 부른 노래는 동갑내기가 낼 수 없는 그런 감성을 담아내고 있었다. 그렇다고 한수의 인생이 굴곡진 것도 아니었다.

평범한 대학생이었고 재수 이후 한국대학교에 합격했고 그 이후 승승장구. 그게 그녀가 아는 한수의 삶이었다.

그러나 그가 부르는 노래에는 애절한 감정이, 사람의 가슴을 잡아끄는 그런 목소리가 녹아들어 있었다.

노래가 끝이 난 이후에도 한수는 감정을 추스르지 못했다. 그 정도로 故 장민석이 그에게 가져다준 감성은 너무나도 치명적인 것이었다.

순식간에 그도 모르는 사이 노래에 과몰입하게 만들어 버렸으니까. 故 장민석이 노래를 엄청나게 잘 부르는 건 아니었다.

하지만 그의 노래에는 감정이 살아 있었다. 그랬기에 지금 이 자리에 모인 사람들을 뒤흔들 수 있었던 것이었다.

한수는 감정을 추스르며 주변을 돌아봤다. 다들 눈시울을 붉히고 있었다.

그러다가 누가 먼저라고 할 것도 없이 박수갈채가 일제히 터져 나왔다. 어디선가는 휘파람 소리까지 흘러나왔다.

"앵콜!"

"와, X발, 진짜 노래 잘 부른다!"

곳곳에서 욕설 섞인 함성까지 들렸다. 한수가 권지연을 바라봤다. 그녀는 단단히 결심을 굳힌 듯 입술을 깨물고 있었다.

그리고 그때 한수가 권지연을 쳐다보며 말했다.

"자, 이제 다시 이야기해 볼까요?"

순순히 그녀 앨범에 콜라보레이션을 해줄 생각은 없었다. 프로그램에 일일 아르바이트로 출연하는 것도 좋지만 그건 TBC 측에서 그녀와 협의할 문제였다.

자신의 이름이 내걸린 첫 예능 프로그램이다 보니 살짝 양보한 것도 있긴 하지만 이제부터는 그녀 앨범에 대해서 심도 있는 논의를 거칠 필요가 있었다.

TBC를 배제한 채 구름나무 엔터테인먼트 소속 아티스트 강한수 대 엘레인 엔터테인먼트 소속 싱어송라이터 권지연으로서.

황 피디는 한수를 보며 눈을 크게 떴다. 첫 소절을 듣고 그가 제일 먼저 떠올린 얼굴은 故 장민석이었다.

어째서였을까. 한수의 목소리는 중저음에 가까웠고 故 장민석의 목소리는 확연하게 차이가 났다. 그러나 사람의 감정을 자극하는 그 묘한 울림은 똑같았다.

솔직히 황 피디는 엘레인 엔터테인먼트에서 권지연이 故 장민석의 목소리를 원하고 있다는 이야기를 들었을 때만 해도 그건 불가능하다고 생각했다.

물론 故 장민석의 목소리를 똑같이 내는 사람도 어딘가에는 있을 수 있다. 그렇지만 목소리가 같다고 해서 故 장민석처럼 노래를 부를 수는 없다.

그렇기 때문에 권지연이 새 앨범을 준비하면서 지금껏 헤맨 이유이기도 하다.

무턱대고 故 장민석의 목소리를 찾아 헤매고 있었으니까. 설령 찾아낸다고 해서 故 장민석같이 노래를 부를 수 없다면 무슨 소용이 있겠는가.

그러나 지금 한수의 무대는 황 피디의 생각을 완전히 뒤바꿔버렸다.

'……민석 형.'

황 피디가 故 장민석을 처음 알게 된 건 고등학생일 때였다.

고등학생일 때 그의 노래에 푹 빠졌던 황 피디는 카세트테이프를 매일 들고 다니며 그의 노래를 반복해 듣고는 했다.

그러다가 어느 날엔 교복을 입은 채 대학로에 위치한 학전이라는 소극장까지 찾아가서 그의 무대를 감상한 적도 있었다.

그때 처음 故 장민석을 만난 황 피디는 라이브로 그의 노래를 들으며 그가 전하는 감성에 푹 젖어 들었지만 1년 뒤 그가 세상을 떠나면서 더는 그 감성을 찾을 수가 없게 되었다. 누구보다 ♱ 장민석의 열렬한 팬이었기 때문에 황 피디는 제아무리 강한수라고 해도 이것만큼은 해낼 수 없을 거라고 생각하고 있었다.

하지만 지금 한수가 부른 노래는 ♱ 장민석을 떠올리게 할 만큼 너무나도 아름답고 또 애절한 무대였다.

'저 나이에 어떻게 저런 무대를 소화할 수 있는 걸까? 저게 가능하려면 진짜 엄청나게 많은 무대 공연을 했거나 또는 진짜 타고나야 하는 건데…….'

황 피디는 입술을 깨물었다. 한수가 엄청나게 많은 무대 공연을 소화했을 리는 없을 테니 남은 결론은 하나뿐이었다.

타고났다는 것. 그것밖에는 설명이 되질 않았다.

그렇다 보니 더욱더 탐이 났다. 황 피디가 보는 한수는 벗겨도 벗겨도 그 속에 또 다른 매력을 가지고 있는 양파 같은 남자였다.

그 매력의 끝은 어디일지 확인해 보고 싶었다.

짧은 공연이 끝난 뒤 한수는 권지연한테 계속 시달림을 당해야 했다. 빨리 계약하자는 그녀의 성화에도 한수는 아랑곳

하지 않았다.

"계약은 지금 안 합니다."

"아니, 왜요! 조건 최고로 맞춰준다니까요? 네? 부탁이에요. 이번 앨범이 진짜 저한테 얼마나 중요하냐면……."

"그거 관련해서 협의할 게 많거든요. 그리고 내일 촬영도 도와주셔야 하지 않을까요? 벌써 열두 시가 넘었어요. 그리고 우리 오전 일곱 시 출근 준비해야 합니다."

"……좋아요. 내일 아르바이트 도울게요. 또 필요한 일이 있으면 다 도울게요. 그러니까 무조건 계약해요, 우리!"

"방금도 말했지만, 그 부분은 귀국해서 논의하는 걸로 하죠. 대표님도 엘레인 엔터테인먼트 대표님을 한번 만나보겠다고 하셨으니까요."

이전까지만 해도 갑은 권지연이었다. 한수는 을의 입장이었다. 그러나 갑을 관계가 바뀌었다.

권지연이 오히려 한수에게 애걸복걸 매달리고 있었다. 그럴 수밖에 없었다. 지금 권지연은 한수에게 꽂힌 상태였다.

이성으로 꽂힌 게 아니라 가수로서.

한수가 부른 노래 덕분에 그동안 막혔던 새 앨범에 대한 음악적 영감이 무럭무럭 치솟아 올랐고 지금이라도 가사를 줄줄이 써 내려갈 것 같은 기분이었다.

하지만 한수의 태도는 요지부동이었다. 결국, 권지연은 설득을 포기하고 숙소로 향했다.

그녀는 「무엇이든 만들어드려요」 출연자들이 머무르고 있는 풀빌라리조트 옆에 있는 리조트를 이미 예약해 둔 상태였다.

그런데 귀국행 비행기를 아직 예약하지 않았다고 하는 걸 보면 한수를 설득할 때까지 이곳에 남아 있을 생각인 듯했다.

권지연이 떠난 뒤 한수가 3팀장을 보며 물었다.

"대표님하고 본부장님하고 이야기는 해보셨어요? 뭐라고 하세요?"

"두 분도 일단 네가 권지연하고 콜라보레이션 하는 건 되게 긍정적이시지. 일단 네 이미지가 예능쪽에만 너무 국한되어 있었으니까 이참에 가수 쪽으로도 영향력을 넓혀보는 게 어떻겠냐고 하시더라고. 권지연은 그런 점에서는 최고의 패지."

한수도 알고 있다. 권지연이 피처링을 하거나 아니면 함께 음반 작업을 했던 가수들 대부분 지금 음원 강자가 되었고 새 음반이 발매될 때마다 적잖은 인기를 누리고 있다.

그들이 한수에게 궁극적으로 바라고 있는 건 윤환 같은 만능 엔터테이너였다. 그러나 연기는 발연기니까 논외로 친다고 해도 예능과 노래, 이 두 가지 분야는 잡을 필요가 있었다.

"근데 콜라보레이션이라고 하던데 어떻게 되는 거예요? 권지연 4집이 되는 거예요? 아니면 권지연&강한수 1집이 되는 거예요?"

"그 부분에 관해 협의 중인 거 같아. 원래는 콜라보레이션이라고 해도 한 곡 정도만 듀엣으로 부르고 몇 곡 정도는 피처링 정도로 끝내려 했나 본데 이번에 너 노래 부르는 거 듣고 권지연이 확 꽂힌 모양이더라고. 아직 확답은 안 주셨지만, 권지연&강한수 1집으로 나갈 수도 있는 거 같아."

"흐음······."

한수가 끝까지 권지연한테 확답을 주지 않은 건 이 문제 때문이었다. 권지연 앨범에 듀엣 가수나 피처링으로 잠깐 나오는 것보다는 권지연&강한수 1집으로 확실히 자신의 이름을 알리는 게 더 낫기 때문이다.

"엘레인 엔터테인먼트 쪽에서는 그렇게 하기엔 자기들이 손해라고 강짜를 놓는 모양인데 뭐 그럼 우리는 할 생각 없다고 아예 못을 박았으니까."

"엘레인 엔터테인먼트가 몸이 달아오르겠네요. 아니, 권지연이 나서서 난리를 필 수도 있을 테고요."

"그렇지. 더군다나 권지연은 엘레인 엔터테인먼트에서도 함부로 못 대하거든. 사실상 엘레인 엔터테인먼트는 권지연 혼자 수익을 창출하고 있는 거나 다름없으니까. 여하튼 우리가 원하는 대로 진행될 거야."

"고생하셨어요."

3팀장을 탓하고 싶진 않았다. 어쨌거나 그는 자신이 담당하고 있는 연예인을 위해 최선을 다한 것이었다.

그게 자신에게 손해가 됐으면 모르겠지만 지금 상황은 자신에게 유리했으면 유리했지 손해가 발생할 상황은 전혀 아니었다.

그리고 이 정도 자율성도 보장해 주지 못한다면 3팀장은 소극적으로 행동할 테고 이런 좋은 기회를 허무하게 잃어버리게 될 수도 있었다.

어쨌거나 가요계에서 한수는 사실상 무명이었고 가수라기보다는 모창 능력자로 더 유명했으니까.

아마 권지연과 앨범을 함께 작업하게 되면 한수 역시 모창 능력자에서 탈피해서 가수로서 자신의 영역을 구축할 수 있게 될 터였다.

다음 날 아침.

한수는 일찍 잠에서 깼다. 이틀 차 촬영을 준비해야 했다. 일어나서 나오니 거실에 앉아 모닝 커피를 마시고 있는 이현재를 볼 수 있었다.

한수가 꾸벅 고개를 숙였다.

"잘 잤어?"

"예, 선생님도 잘 주무셨죠?"

"그럼, 어제 고생이 많았어."

"괜찮습니다. 아침은 뭘로 해드릴까요?"

"에이, 내가 요구하기엔 염치가 없지. 그냥 우리 사장님이 만들고 싶은 걸로 만들어주게."

"예, 잠시 서현이 좀 보고 오겠습니다."

한수는 서현 방문 앞에 서서 노크했다. 얼마 뒤, 콜록거리는 기침 소리와 함께 서현 목소리가 들렸다.

"누구…… 세요?"

"나야, 괜찮아?"

"괘, 괜찮아요."

"이따 죽 끓여다 줄게. 누워 있어."

한수는 본격적으로 아침 준비를 시작했다. 그때 리조트 문을 두드리는 소리가 있었다. 이현재가 커피를 마시다가 현관 쪽으로 향했다.

그리고 잠시 뒤 한수는 어느새 풀메이크업을 끝내고 여기까지 찾아온 권지연을 볼 수 있었다.

"아침 준비 중이에요? 뭐 도와드릴까요?"

의욕적으로 말하는 권지연을 보며 한수는 자신도 모르게 헛웃음을 흘렸다. 정말 그녀는 단단히 각오한 모양이었다.

아침을 준비하면서 한수는 잠에서 깬 승준 대신 권지연에게 재료 밑 준비나 그밖에 잡일 등을 맡겼다.

그녀의 능력을 확인해 보기 위함이었다. 그러나 생각 외로 권지연은 이런 일에 소질이 있는 건지 아니면 어렸을 때부터 집안일을 도우며 자란 건지 시키는 일을 척척 해냈다.

그뿐만이 아니라 웬만해서는 버리기 꺼려하는 음식물쓰레기 같은 것도 알아서 깔끔하게 청소해 내곤 했다.

보통 톱스타들은 꺼리는 일이었기 때문에 그런 의외의 모습에 한수는 조금 놀랄 수밖에 없었다. 그가 알고 있는 권지연은 노래 잘 부르는 톱스타, 그 이상도 그 이하도 아니었기 때문이다.

여하튼 그녀의 도움을 받아 한수는 차근차근 아침 식사를 준비할 수 있었다. 생각보다 더 그녀는 되게 꼼꼼하고 또 눈치 빠른 주방 보조였다.

오늘 한수가 준비한 아침 요리 역시 한식이었다. 아무래도 이현재의 입맛에 맞추다 보니까 한식으로 고정될 수밖에 없었다.

그렇게 아침상을 차린 뒤 한수는 틈틈이 끓이고 있는 소고기야채죽도 확인했다.

이건 여전히 앓아누운 서현을 위해 준비한 것이었다. 한수가 죽을 갖고 서현에게 가져다주려 할 때였다.

"이건 제가 가져다줄게요."

"예? 권지연 씨가요?"

"네. 아마 서현 씨도 그걸 더 바랄걸요?"

"……알겠습니다."

한수는 권지연에게 죽그릇을 내밀었다.

방문을 두드리더니 이내 그 안으로 권지연이 들어갔다. 죽 그릇만 놓고 나오는 줄 알았는데 둘이서 이야기를 나누는 듯 좀처럼 나오질 않고 있었다.

"형, 신경 쓰지 말고 와서 드세요."

승준이 그런 한수를 불렀다. 일단 셋이서 아침을 먹는 동안 한수는 계속해서 서현 방을 힐끔거렸다.

"무슨 일인지 궁금해요?"

"어? 응. 아직도 안 나오잖아."

"별일 아닐걸요. 그냥 신경 안 써도 된다니까요."

"그래?"

"예, 그보다 오늘 뭐부터 장 봐야죠?"

"일단 어제 예약했던 두 팀 중 한 팀은 지중해식 식단을 원 했으니까 그쪽에 맞춰 재료를 준비하면 될 거 같고 다른 한 팀 은 네덜란드 요리를 원한다고 했으니 스탬폿 부런코올로 준 비하면 될 거야."

"스탬폿 뭐요?"

"스탬폿 부런코올이라고 있어."

스탬폿 부런코올(Stampot boerenkool)은 네덜란드 사람들이 추운 겨울에 즐겨 먹는 음식이다.

케일을 넣어 만든 스탬폿을 의미하는데 여기서 스탬폿이란 삶은 감자에 여러 뿌리 채소를 혼합하여 으깬 요리를 가리키는 용어다.

그렇게 두 가지 요리는 아뮤즈 부쉬부터 디저트까지 이미 구상을 해둔 상태였다. 남은 두 팀이 어떤 요리를 원하느냐에 따라 재료가 갈릴 게 분명했다.

그때 서현 방문이 열리고 권지연이 나왔다. 그녀가 한수와 승준을 보며 말했다.

"몸은 많이 괜찮아진 거 같아요. 내일이면 훌훌 털고 일어날 기세더라고요. 딱 오늘 하루만 아르바이트하는 걸 허락하겠다고 하던데요?"

"애초에 그게 TBC하고 오고 간 협의 조건 아니었나요?"

"아뇨. 저는 아직 한다고 한 적 없어요. 한수 씨가 저하고 계약한다면 일일 아르바이트 정도는 할 수 있겠다고 한 거고요."

확실히 권지연은 강단이 있었다. 완강한 그녀 말에 한수는 설득을 포기했다. 애초에 그가 이렇게까지 나서서 설득할 이유도 없었다.

그녀가 나오든 안 나오든 큰 상관이 없었다. 만약 그녀가 안 나와서 시청률이 안 나온다면 그건 애초에 그 정도밖에 안 되는 프로그램일 터였다.

한수는 지금 촬영 중인 「무엇이든 만들어드려요」가 충분히 높은 시청률이 나올 거라고 예상하고 있었고 또 자신감이 있었다.

그녀에 얽메일 생각은 전혀 없었다.

"아침 먹어요."

그렇다고 아침을 준비했는데 굶겨서 돌려보낼 수는 없었다. 지연이 의자 하나를 잡고 앉았다. 그런 다음 제일 먼저 찌개부터 숟가락을 가져갔다.

한수가 아침 일찍 준비한 찌개는 그냥 봐서는 특별한 것 없는 평범한 김치찌개였다. 김치에 두부, 양파 정도가 지금 겉으로 보이는 전부였다. 그렇게 한 스푼 떠서 한수가 만든 요리를 입으로 가져가고 삼켰을 때였다.

권지연은 자신도 모르게 탄성을 냈다.

"아."

그녀는 당혹스러운 얼굴로 한수를 쳐다봤다. 그리고 떨떠름한 목소리로 물었다.

"어, 어떻게 만든 거예요?"

"그건 영업비밀이죠."

"……."

권지연이 눈살을 찌푸렸다.

그렇지만 그녀는 손을 멈추지 않았다. 다음에는 한수가 만든 반찬들을 젓가락으로 집어 먹었다.

순식간에 식사가 모두 끝났다. 입이 짧은 편은 아니지만, 밥 한 공기를 순식간에 비워 버렸다.

그런데도 여전히 입이 근질거렸다. 결국, 참지 못한 지연은 밥 한 공기를 더 퍼왔다.

그러나 그녀만이 아니었다. 승준이나 현재도 밥을 추가로 한 공기 또 먹고 있었다. 위화감 없이 자연스러운 모습이었다.

아침 식사가 끝이 난 뒤 이현재가 한수를 보며 물었다.

"오늘은 모두 여덟 팀만 받는 거 맞지?"

"예. 선생님, 런치에 네 팀, 디너에 네 팀 받을 거예요. 예약한 팀이 두 팀 있으니까 그건 미리 확인 부탁드릴게요."

"그래, 그러마. 승준이는 한수하고 같이 올 게냐?"

"예? 아뇨. 저도 선생님하고 먼저 가겠습니다. 장 보고 재료도 손질 좀 해둬야 하거든요. 한수 형한테 미리 배워둬서 기본적인 건 손질할 줄 압니다."

"그래, 오늘 하루는 서현이가 없으니까 네가 한수를 좀 더 돕도록 해라. 서빙 하는 건 나 혼자 해도 괜찮으니 말이다."

"제가 좀 더 부지런히 움직이겠습니다."

승준이 씩씩하게 웃어 보였다. 그렇게 두 사람이 나가고 카메라맨 두 명도 그들 뒤에 따라붙었다.

이제 거실에 남은 건 한수와 권지연 두 명뿐이었다. 권지연은 다들 식사를 끝낸 그릇들을 가지고 싱크대로 가져간 다음 설거지를 하기 시작했다.

한수도 뒷정리를 도왔다. 깔끔하게 설거지를 끝낸 뒤 그녀가 한수를 보며 물었다.

"원하는 조건을 말 해봐요. 저는 웬만해서는 다 수용할 의사가 있어요."

"일단 제가 어떤 역할로 앨범에 참여하는지가 중요하지 않을까요? 단순히 피처링에서 끝나는 건지 아니면……."

"어젯밤 내내 고민했어요. 이번 앨범은 정말 중요하거든요. 그리고 회사하고는 새벽에 이야기를 맞춰뒀어요. 아마 이따가 구름나무 엔터테인먼트에서도 연락이 올 거예요. 이번 앨범은 강한수 씨하고 함께 작업할 생각이에요."

한수가 그녀를 보며 물었다.

"권지연 4집이 아니라 권지연&강한수 1집이 되는 겁니까?"

"예. 맞아요. 그리고 오늘 일일 아르바이트도 도와드릴게요. 어렸을 때 할머니 가게에서 일한 경험이 있어요. 최소한 방해는 안 될 거예요."

그녀가 먼저 자신이 가진 모든 패를 꺼내 보였다.

그 정도로 한수하고 함께 콜라보레이션을 하고 싶다는 의사 표현이기도 했다. 그때 권지연이 쐐기를 박았다.

"정산은 6 대 4예요. 제가 6, 한수 씨가 4. 이유는 알고 있죠?"

"예, 권지연 씨가 작곡, 작사 전부 다 했을 테니까요."

그녀는 싱어송라이터다. 작곡이나 작사, 모든 걸 그녀가 해낼 수 있다는 이야기다.

그 부분에 대한 지분을 딱 10% 요구한 것이다. 한수에게는 그야말로 더 이상 손볼 게 없는 최고의 조건이었다.

한수가 권지연을 쳐다보며 물었다.

"그 정도까지 양보하는 이유는 뭐죠?"

그녀는 국내 최정상에 서 있는 여성 솔로 가수다. 이렇게까지 혜택을 주면서까지 자신과 콜라보레이션을 해야 하는 이유가 있는 것일까?

그 질문에 권지연은 피식 웃음을 흘렸다. 마치 개구쟁이처럼 미소짓던 권지연이 이내 한수를 바라보며 말했다.

"강한수 씨는 아직 자신이 얼마나 대단한지 잘 모르는 거 같아요."

"예?"

"우리나라에 노래를 잘 부르는 사람은 정말 많아요. 저보다 잘 부르는 사람도 많고요. 아마추어 사이에도 저보다 노래를 잘 부르는 사람은 얼마든지 있을 수 있어요. 그렇죠?"

"……그럴 수 있겠죠."

"그러나 개중에서 스타가 될 수 있는 사람은 정말 소수에 요. 톱스타가 될 수 있는 건 개중에서도 더 소수고요. 그러면 그 톱스타는 어떻게 해야 할 수 있을까요?"

"글쎄요."

한수가 말끝을 흐렸다. 아직 자신에게는 너무나도 멀리 있는 것처럼 느껴지는 게 바로 톱스타다.

그런데 그 톱스타가 어떻게 해야 할 수 있냐고 물어보고 있으니 할 수 있는 말이 없었다. 선뜻 답하지 못하는 한수를 보며 권지연이 입을 열었다.

"사람의 마음을 움직이는 사람이어야 해요. 그런 사람만이 톱스타가 될 수 있어요. 제가 그래서 故 장민석 선배님의 목소리를 찾았던 거예요. 그분만큼 사람의 마음을 쥐고 흔드는 분은 없었으니까요."

잠시 숨을 고른 권지연이 한수를 바라보며 말했다.

"그런데 강한수 씨에게도 그와 비슷한 힘이 있어요. 故 장민석 선배님처럼 사람의 심금을 울리고 그들과 소통하는 힘이 있어요. 바로 그 말인즉 감정을 표현할 줄 안다는 거예요."

한수는 그녀 말을 들으며 호흡을 골랐다. 그녀가 하는 말 한마디, 한마디가 비수처럼 심장에 꽂히는 듯했다.

한수는 여태 손쉽게 능력을 얻었고 그 능력을 사용했다. 노력 없이 받아들일 수 있다 보니 어느 순간부터 한수에게 이 능력들은 대수롭지 않은 것으로 비치고 있었다.

그러나 그게 아니었다. 남들은 정말 죽도록 노력해도 얻을 수 없는 것들이었다.

오늘 권지연이 바로 그것을 집어낸 것이다. 권지연이 안색이 파리해진 한수를 보며 말했다.

"한수 씨는 자신의 가치를 보다 확실하게 알 필요가 있어요. 황 피디님이 한수 씨를 계속 섭외하려는 게 괜한 일일까요? 한수 씨가 그 어떤 연예인보다 더 빛나 보이기 때문이에요. 저도 황 피디님과 한 차례 촬영해 본 경험이 있다 보니 자연스럽게 느껴지더라고요. 황 피디님이 한수 씨를 진짜 갖고 싶어한다는 걸요."

그녀는 촬영 준비를 해야겠다며 리조트를 떠났다. 그리고 거실에 홀로 남은 한수는 그제야 숨을 토해냈다.

부끄러웠다. 쉽게 얻어지는 능력에 자만하고 안주하고 있었다. 그러나 한수는 깨달았다.

어젯밤 故 장민석의 노래를 불렀고 사람들을 심취시켰지만, 진짜 故 장민석의 노래는 이보다 훨씬 더 위대하다는 것을.

자신이 얻어낸 건 수박 겉핥기에 지나지 않았다. 더 노력하고 갈망하고 집중해야 했다. 그래도 늦지 않게 그것을 깨달았다는 것이 천만다행이었다.

한수는 마음가짐을 바로 했다. 쉽게 얻어지는 능력은 그만큼 쉽게 쓰이기 마련이다. 지금보다 더 집중해서 최선을 다해야 했다. 어젯밤 자신의 요리를 끝까지 기다려준 사람들을 위해 최선을 다해 요리했듯이.

요리뿐만 아니라 모든 일을 그렇게 해야 할 필요가 있었다. 그래야만 허울뿐인 채널 마스터가 아니게 될 수 있기 때문이다.

한수는 3팀장을 만나서 권지연이 꺼낸 계약 조건을 이야기한 뒤 진행시켜 주길 요구했다.

그녀가 원해서 하려 한 콜라보레이션이었지만 마음이 바뀌었다. 그녀가 원해서 하는 게 아닌 한수 본인이 원해서 하려는 것이었다.

그런 만큼 한 치의 소홀함도 용납되어서는 안 됐다.

이번 「무엇이든 만들어드려요」가 자신의 이름을 처음 내걸고 TBC에서 런칭하는 새로운 예능 프로그램인 것처럼, 권지연과 함께 콜라보레이션을 내게 될 앨범 역시 자신의 이름을 처음 내건 앨범이 될 것이기 때문이다.

모창 능력자 강한수가 아닌 가수 강한수로서 대중들 앞에 서게 되는 만큼 그에 걸맞은 준비를 해야만 했다. 그러는 사이 「무엇이든 만들어드려요」 이틀째 촬영 날이 되었다.

이미 식당 앞은 소문을 듣고 찾아온 구경꾼들 때문에 바글바글했다. 촬영이 끝나는 6일째 점심, 저녁 시간까지 2팀씩 모두 예약이 끝난 상태였다.

한수는 정갈하게 옷을 갖춰 입은 뒤 주방에 섰다. 심기일전해서 오늘도 최고의 요리를 선보일 생각이었다. 그리고 「무엇이든 만들어드려요」 오픈 후 이틀째 되는 날의 런치 타임 촬영이 시작되었다.

「무엇이든 만들어드려요」 식당 안은 시끌벅적했다.

오늘 주문을 하게 된 손님은 모두 네 팀.

그러나 정확히 말하자면 네 팀이 아닌 일곱 팀이라 할 수 있었다. 어째서 일곱 팀이냐고?

가족끼리 온 한 팀을 뺀 나머지 팀 같은 경우 한 팀에 또 다른 팀이 얹혀 들어왔기 때문이다.

그렇다 보니 식당 안 테이블은 비어 있는 의자가 없이 열여섯 의자가 모두 꽉 들어차 있었다. 그렇지만 이것까지 제작진이 막을 수는 없는 노릇이었다.

어쨌든 「무엇이든 만들어드려요」 식당의 음식을 즐기고 싶어 하는 사람들이 그만큼 많다는 의미였다.

그밖에 바뀐 점은 또 있었다. 우선 메뉴판이었다.

메뉴가 「쉐프의 코스」 하나인 건 똑같았다. 에피타이저 혹은 아뮤즈 부쉬, 메인 디쉬 그리고 디저트.

구성도 같았다.

그 외에 재료만 있으면 어느 나라 요리든 만들 수 있다는 것도 같았다. 그러나 추가된 것도 있었다.

우선 음식값은 1인당 40만 루피아이지만 그보다 더 많은 돈을 내는 것도 가능하다는 점이었다. 그러나 이건 강요되는 게 아니었다.

그렇다 보니 계산하기 전 테이블마다 각자 생각하는 돈을 담을 수 있는 네 개의 흰 봉투가 주어지게 됐다. 즉, 자신이 생각하는 금액을 흰 봉투에 넣으면 되는 일이었다.

그뿐만 아니라 여기서 얻는 모든 수익은 전 세계 불우한 이웃을 위해 쓰인다고 표기해 둔 상태였다. TBC에서도 흔쾌히 그 뜻을 수용했고 방송이 끝나는 대로 수익금 전액을 모아서 유니세프에 기증할 예정이었다.

그밖에 하나의 테이블은 한 국적의 요리만 주문할 수 있다는 게 새로 생겨난 문구였다. 이는 다양한 국적의 요리를 해야 하는 한수의 부담을 최대한 줄여주기 위한 것이었다.

새로 온 손님들은 바뀐 메뉴판을 보며 머리를 맞대었다.

이제 「무엇이든 만들어드려요」 식당 영업은 단 4일 남은 상태웠고 한 번 온 손님은 두 번은 올 수 없게 되어 있었다. 그렇다 보니 메뉴를 고를 때도 신중해야 했다.

그러나 두 팀은 메뉴가 정해진 상태였다.

첫 번째 메뉴는 스탬폿 부런코올(Stampot boerenkool)이었다. 이는 가족 단위로 온 손님들이 고른 네덜란드 국적의 요리였다.

두 번째 메뉴는 지중해식 식단, 그리스 요리로 한수가 만들려고 하는 건 무사카(Moussaka)였다. 채소와 고기를 볶아 화이트소스를 뿌려서 굽는 그리스 전통요리로 소고기 또는 양고기가 쓰이는데 한수는 다진 소고기를 쓸 생각이었다.

실제로 한수는 이미 두 가지 요리는 준비하고 있었다.

일일 아르바이트로 나온 지연도 말도 없이 열심히 한수를 돕고 있었다. 그리고 실제로 그녀의 솜씨는 제법이었다.

재료 손질도 수준급이었고 눈치 빠르게 행동했다. 파르메산치즈를 뿌린 무사카를 오븐에 넣고 굽는 사이 한수가 권지연을 보며 물었다.

"어릴 때 가게에서 일한 경험이 있다고 했죠?"

"맞아요, 어릴 때 할머니 가게에서 일한 적 있어요. 나쁘지 않죠?"

권지연이 미소를 지었다. 한수가 고개를 끄덕였다. 확실히 그녀의 센스는 남달랐다.

서현도 부지런히 일하긴 했지만, 권지연에 비할 바는 아니었다. 식당 같은 곳에서 일한 경험이 있는 것과 없는 것의 차이는 큰 법이다.

그러는 사이 한수가 에피타이저부터 완성했다. 지중해식 요리를 시킨 가족들을 위해 한수가 준비한 건 칼라마리 프리타였다.

손질한 오징어를 씻고 물기를 제거한 뒤 고운 빵가루를 입혀 튀겨낸 다음 타르타르 소스를 함께 내는 것이었다. 그러나 이건 아뮤즈 부쉬라기보다는 에피타이저라고 봐야 했다.

그렇게 칼라마리 프리타를 만드는 사이 또 하나 준비한 건 네덜란드의 전통음식인 에르텐 스프(Erwten Soep)였다.

이 스프는 전날 저녁부터 준비해뒀던 것으로 완두콩을 죽사발이 될 때까지 저어가며 끓여야 하는 스프인데 가장 고생한 게 승준이었다.

일단 에피타이저가 먼저 나갔다. 이현재가 능숙한 손놀림으로 바구니에 담긴 칼라마리 프리타를 제일 먼저 지중해식 요리를 시킨 테이블에 올렸다.

그런 다음 에르텐 스프를 네덜란드 국적의 요리를 시킨 가족 손님들 앞에 차례차례 놓았다. 그들은 적잖게 놀란 기색이었다.

그럴 수밖에 없었다. 휴양하러 온 이국에서 고향의 요리를 맛볼 수 있게 됐다.

그것도 어쭙잖은 실력으로 만든 게 아니었다. 그 지방에서 몇십 년은 산 사람처럼 요리는 완벽했고 정성이 가득했다.

"스프 맛 좀 봐. 이건 장담컨대 지금 바로 준비한 게 아니야."

"맞아. 어제저녁부터 준비해 놓은 게 틀림없어."

"이런 곳에서 에르텐 스프를 맛보게 될 줄은 전혀 생각지도 못했어요."

"문제는 내일 이곳을 또 올 수 없다는 거죠."

"그럴 수밖에 없지 않겠니. 오늘도 엄청 많은 사람이 줄을 선 채 예약이라도 잡을 수 있지 않을까 하고 기다리고 있더구나. 그걸 보면서 오늘이라도 예약해 둔 게 천만다행이라는 생각이 들더구나."

"그건 아버지 말이 맞아요. 진짜 이곳을 들리지 않았으면 정말 후회했을 거예요."

"아, 맞다! 사진! 사진 찍어야죠!"

딸아이가 서둘러 테이블에 올려뒀던 휴대폰으로 사진 촬영을 시작했다.

한편 지중해식 요리를 시킨 테이블에서는 그리스인들이 함께 자리한 미국인들을 향해 요리를 설명하고 있었다. 원래 그리스인 커플은 단 두 명으로 예약을 잡았지만 앞서 기다리던 미국인들이 간절하게 부탁하자 그들과 동석을 하게 됐다.

자신들이 시킬 요리가 지중해식 요리라는 말에도 그들은 상관없다는 듯 쿨하게 고개를 끄덕였었다.

"음, 이건 우리 그리스의 전통음식입니다. 칼라마리 프리타라고 하죠. 이게 뭐냐면 오징어를 튀긴 요리인데 타르타르 소스를 찍어 먹으면 되는 겁니다. 아니면 토마토소스에 찍어 먹어도 좋고요. 쫄깃쫄깃하고 고소하죠."

"오, 맛있겠군요."

"자자, 한번 먹어보죠. 에피타이저로는 딱 제격인 요리가 나온 셈입니다."

옆에서 가만히 그것을 보던 승준이 현재를 보며 입을 열었다.

"저거 분식집 가면 먹을 수 있는 오징어 튀김 아니에요?"

"비슷할 게다. 내가 예전에 그리스에 가본 적이 있는데 그때에도 저런 요리를 먹긴 했다. 저거 하고 수블라키가 진짜 맛있었지."

"수블라키? 그건 또 뭐예요?"

"우리나라에서 파는 요리로 보면 꼬치구이라고 할 수 있겠구나."

수블라키(Souvlaki)는 그리스식 패스트푸드로 꼬치에 여러 조각의 고기와 채소를 꽂아 구워 먹는 요리를 뜻한다.

우리나라의 닭꼬치 구이나 이런 것들도 수블라키에 해당한다.

그렇게 두 테이블이 에피타이저를 먹는 동안 나머지 두 테이블도 주문을 시작했다.

어떤 국적의 요리를 주문해야 할지 고민하던 끝에 결정을 내린 셈이었다.

개중 한 팀은 프랑스 국적의 요리를, 다른 한 팀이 시킨 건 스페인 국적의 요리였다.

그래도 상대적으로 여유는 있었다.

그건 지연이 한수의 보조를 제대로 맞춰줘서이기도 하고 또 승준이 미리 나와서 재료들을 밑준비해 놓은 것도 컸다.

그렇지 않았으면 꽤 오랜 시간을 소모해야 했을 것이다.

한수가 에피타이저를 만드는 동안 오븐에 넣어뒀던 무사카가 완성이 됐다.

그뿐만 아니라 스탬폿 부런코올도 완성되었다.

그렇게 두 가지 메인 요리가 나가는 동안 한수는 재차 아뮤즈 부쉬를 준비하기 시작했다.

손이 움직이는 속도를 눈으로 따라가기 힘들 만큼 한수는 수십 명이 해야 할 일을 혼자서 해내고 있었다.

또, 그것은 주방 곳곳에 설치된 카메라를 통해 계속해서 녹화되고 있었다.

황 피디와 유 피디를 비롯한 제작진들은 베이스캠프에서 카메라를 통해 상황을 지켜보고 있었다.

현장에서 출연자들을 돕는 스태프들도 있긴 했지만, 대부분은 이곳 베이스캠프에 머물렀다. 이건 관찰 예능이기도 했고 리얼리티를 최대한 살리기 위해 제작진은 개입을 최소화하고 있었다.

가만히 한수가 요리하는 장면을 지켜보던 황 피디는 혀를 내둘렀다.

"진짜 신기하지 않아?"

유 피디가 의아한 얼굴로 물었다.

"예? 뭐가요?"

"한수 씨 말이야. 정말 신기해. 어떻게 저렇게 할 수 있지?"

"그건 그렇긴 하죠."

유 피디가 고개를 끄덕였다. 이십 대 초반의 젊은 나이다. 그런데 요리하는 모습을 보면 그 나이가 전혀 실감이 되지 않는다. 못해도 수십 년 요리에 매달린 장인을 보는 것 같다.

황 피디 생각에 유 피디도 동조했다. 그를 섭외한 건 황 피디였다. 그때만 해도 유 피디는 황 피디의 선택을 불안해했다. 그러나 지금은 아니다. 이 프로그램을 이끄는 선장은 강한수다.

서현이 빠졌어도 지연이 그 공백을 메우고 있다. 이현재나 승준이 빠져도 힘은 들겠지만, 문제없이 영업을 이어나갈 수 있을 것이다.

그러나 한수가 갑자기 픽 하고 쓰러지면? 그렇게 되면 식당은 문을 닫고 촬영도 멈춰야 한다. 한수의 건강을 최우선으로 놓고 관리해야 할 필요가 있었다. 황 피디가 유 피디를 보며 충고를 덧붙였다.

"출연자들 건강 잘 챙겨. 특히 한수 씨."

"예, 선배님."

"그래도 이게 방송에 타면 시청자들 반응이 어떨지 정말 궁금하네."

"저도요."

유 피디가 침을 꿀꺽 삼켰다.

자신의 입봉작이다. 금요일 예능 프로그램 중에서 최강의 자리를 굳히고 있는 「하루 세끼」의 자리를 물려받을 때 「무엇이든 만들어드려요」가 빈틈없이 채워야만 한다.

처음에만 해도 불안투성이였는데 요즘은 조금씩 자신감이 붙고 있었다. 다른 누구도 아닌 한수 때문이었다.

그가 활약에 활약을 거듭할 때마다 시청자들은 탄성을 내지를 테고 그것이 입소문이 되어 퍼지면 더 많은 사람을 텔레비전 앞으로 끌어모을 수 있을 것이다.

그때 황 피디가 아쉬운 얼굴로 말했다.

"그래서 더 아쉽네."

"어떤 게요?"

"어제 한수 씨가 「먼지가 되어」 부르자마자 박 팀장을 꼬셔 봤거든. 이왕 이렇게 된 거 우리하고 프로그램 두세 개 정도 추가로 계약하자고. 돈은 원하는 데로 주겠다고 말이야."

"정말요?"

"어, 그런데 박 팀장이 꿈쩍도 안 하더라고. 아무래도 귀국한 다음 한번 강 본부장님 만나 뵙고 이야기를 해봐야 할 거 같아. 놓치기 정말 아깝거든. 최소 서너 개는 더 같이하고 싶은데……."

"그런데 이거 끝나는 대로 귀국하면 권지연 씨하고 앨범 작업 해야 하는 거 아니에요?"

"그러니까. 그게 문제야. 사람이 바빠도 너무 바빠. 그리고 이틀 전에 한 「내가 생존왕」 2화, 시청률 얼마 나온 줄 알아?"

"아, 그러고 보니 이틀 전에 「내가 생존왕」했죠. 그거 시청률 몇이나 떴어요?"

황 피디가 고개를 절레절레 저으며 말했다.

"30% 넘겼어. 32%라고 하더라고."

유 피디가 눈을 휘둥그레 떴다.

40%를 넘나들었던, 황 피디가 연출한 「원더풀 새러데이 – 밥 좀 먹자!」이후로 30%를 넘긴 예능 프로그램은 없었다.

그 이후 대부분의 예능 프로그램은 10% 중후반을 왔다 갔다 했을 뿐이다. 그런데 오랜만에 또 한 번 30%가 넘은 예능 프로그램이 탄생했다.

물론 설 연휴 파일럿인 것과 그 이후 제작이 될지 불투명하다는 게 문제이긴 했지만, 이 정도 시청률이라면 IBC에서도 거액의 제작료를 감안하고서라도 편성을 논의할 수 있는 일이었다.

그렇게 되면 한수를 추가로 섭외하는 건 더욱더 힘들어진다는 이야기였다.

그때 디저트까지 식사를 마친 손님들이 하나둘 자리에서 일어났다.

그들은 각각 흰 봉투에 자신이 생각하는 돈을 넣고 그것을 이현재에게 건넸다. 그렇게 런치 타임과 디너 타임이 모두 끝났다.

일일 아르바이트생으로 참가한 권지연의 활약이 유독 돋보이는 편이기도 했다. 그리고 디너 타임까지 마무리한 뒤 출연자들과 제작진이 한 공간에 모였다.

이제는 오늘 「무엇이든 만들어드려요」에서 올린 수입을 최종 확인할 시간이었다.

CHAPTER
6

그들은 테이블에 둘러앉았다.

런치 타임과 디너 타임.

두 타임 모두 빈자리 없이 손님이 가득 들어찼기 때문에 봉투도 수북했다.

한 번에 16명씩, 다 합쳐서 32명.

테이블에는 32개의 봉투가 놓여 있었다. 세팅이 끝난 뒤 유피디가 출연자들을 보며 말했다.

"하나씩 개봉해 보시면 될 거 같습니다."

먼저 이현재가 봉투 하나를 집었다. 그리고 슬쩍 봉투 안을 확인했다. 그의 입꼬리가 올라갔다. 다들 호기심 어린 얼굴로 이현재를 바라봤다.

"선생님, 얼마나 나왔어요?"

"많이 들었나 봐요?"

"크흠."

헛기침을 하던 이현재가 봉투 속에서 돈을 꺼내놓았다.

10만 루피아짜리 지폐가 12장 들어 있었다.

120만 루피아(한화로 10만 원), 원래 가격이 40만 루피아인 걸 감안하면 3배 더 많은 금액이었다.

이번에 봉투를 쥔 건 승준이었다. 그는 꽤 두툼한 봉투를 집어 들고는 그 안에 든 내용물을 꺼내놓았다.

안에 든 돈은 170만 루피아였다.

최고가를 갱신한 셈이다. 오늘 하루 일일 아르바이트로 고생했던 지연도 봉투를 골랐다.

그녀가 봉투에서 꺼낸 건 루피아가 아닌 달러였다.

100달러짜리 지폐 한 장이 들어 있었다. 전체적으로 10만 원이 넘는 돈이 봉투마다 들어 있었다.

종일 앓아누워 있던 서현도 그렇고 한수도 봉투를 저마다 확인했다.

서현이 확인한 봉투에는 정직하게 40만 루피아가 들어 있었지만, 한수가 고른 봉투에는 100달러짜리 지폐 열 장이 들어 있어서 사람들을 깜짝 놀라게 했다.

1,000달러. 한화로 110만 원 정도 되는 돈이 들어 있는 것이었다.

그러나 누가 이렇게 거액을 쾌척했는지는 알 수 없었다.

애초에 봉투는 익명으로 받았기 때문이다. 그렇게 모두 서른두 개의 봉투를 전부 다 확인했다.

제작진이 봉투 안에 든 돈을 거뒀고 이 돈은 「무엇이든 만들어드려요」 제작진이 유니세프에 전달하기로 뜻을 모았다.

그렇게 정산이 끝난 뒤 이제 권지연이 돌아갈 시간이 되었다.

서현의 컨디션도 부쩍 회복됐고 그녀도 콜라보레이션할 사람을 찾은 이상 귀국해서 앨범 준비에 박차를 가하기로 한 것이다.

실제로 그녀는 한시라도 빨리 귀국하고 싶어 했다. 한수가 귀국하기 전까지 모든 준비를 끝내놓겠다는 게 그녀의 목표였다.

황 피디는 끝까지 악랄하게 달라붙으며 그녀와 마지막으로 한 번 더 인터뷰를 진행했고 다음 날 오전 권지연은 매니저와 함께 택시를 잡아타고 덴파사르 공항으로 떠나버렸다.

그녀가 떠났지만 바뀌는 건 아무것도 없었다. 그리고 「무엇이든 만들어드려요」 출연자들은 남은 3일 동안 계속 촬영을 이어나갔고 2월 21일, 그들은 공식 촬영 일정을 마무리 지을 수 있었다.

2월 22일, 「무엇이든 만들어드려요」 출연자들은 지난 5일 동안 고생한 대가로 하루 롬복에서 제대로 된 휴양을 즐길 수 있었다.

이현재를 빼면 세 명 모두 젊다 보니 그들은 의기투합해서 레저 스포츠를 즐기기 시작했다.

물론 황 피디와 유 피디는 그것도 영상으로 담아냈다.

출연자들에게는 휴식이 주어졌지만, 제작진들은 계속해서 일해야 했다.

그래도 다행인 건 반으로 나뉘어서 번갈아 가며 한 팀은 일하고 한 팀은 쉬는 식으로 촬영 일정을 조율할 수 있었다.

길리 트리왕안에서 스쿠버다이빙을 즐기며 바다 거북이도 보고 온 그들은 귀국을 하루 앞두고 그들 식당 주변에 있는 한 바비큐집으로 향했다.

오늘이 이곳에서의 마지막 밤이었다.

지난 5일 동안 눈코 뜰 새 없이 바쁘게 일했던 「무엇이든 만들어드려요」 식당은 폐쇄된 상태였고 길게 늘어서 있던 손님들 줄 대신 카메라로 사진을 찍는 관광객들만이 남아 있었다.

이야기를 들어보니 영업종료를 한 이후에도 소식이 늦은 관광객들이 꾸준히 찾았다고 했다.

그뿐만이 아니었다. 진위 여부는 알 수 없지만, BBC나 CNN 같은 영·미국의 대형 방송국에서도 촬영을 위해 찾아왔다가 발길을 돌렸다는 이야기도 있었다.

물론 그건 어디까지나 근거 없는 낭설에 불과했다. 그렇다고 가능성이 아예 없는 것까지는 아니었지만.

어쨌든 이곳에서 일주일가량 함께 지내며 촬영하다 보니 세 사람은 부쩍 친해져 있었다.

다 함께 모여 술을 마시며 바비큐를 뜯는 도중 이현재가 먼저 숙소로 들어갔다.

남은 건 한수와 승준, 서현 그리고 황 피디와 유 피디, 이 작가 정도였다. 사실상 이번 프로그램을 이끌어온 여섯 사람만 남은 셈이었다.

옆 테이블에는 이곳까지 쫓아온 매니저들끼리 떠들썩하게 웃으며 연신 폭탄주를 마시는 중이었다.

시끌벅적하니 쫑파티 분위기를 내면서 즐겁게 웃고 떠들며 서로 술잔을 주고받던 도중 서현이 게슴츠레한 눈으로 한수를 보며 물었다.

"이제 귀국하면 뭐할 거야?"

"일단 곧장 소속사부터 들어가 봐야 할 거 같아."

귀국하고 나서도 한동안 한수는 바쁜 일정을 소화해야 했다. 게다가 어제 본부장하고 통화해본 결과 곳곳에서 한수를 섭외하고자 갖은 떡밥을 던지고 있다고 했다.

개중에서 가장 몸이 달아오른 곳은 IBC였다. 「내가 생존왕」 이 기록한 시청률 때문이었다.

1화 시청률이 24.7%, 2화 시청률은 32.1%.

한동안 10% 중후반을 기록하는 예능만 즐비하여 잔잔했던 이 바닥에 거센 파도가 몰아닥친 격이었다.

제작비가 워낙 많이 들어간다는 단점이 있긴 해도 시청률 이 기대 이상으로 높게 나오다 보니 정규 편성을 해야 한다는 의견도 적잖게 나오고 있는 모양이었다.

"「내가 생존왕」 때문에 그런 거지?"

"그것도 그거고 앨범도 준비해야지. 작사, 작곡은 권지연 씨가 준비한다고 했지만 내 이름을 걸고 나가는 첫 앨범인데 나도 옆에서 도와야 할 거 같아."

"그렇구나. 진짜 바쁘네."

아직 말하지 못한 스케줄도 많았다.

구름나무 엔터테인먼트에서 적절히 등급을 나눠서 거르고 있다는 데도 불구하고 거절히 못할 만큼 매력적인 제안도 몇몇 개 들어온 모양이었다.

그뿐만 아니라 광고 모델 계약 건도 있었다.

본부장 말로는 아웃도어 브랜드에서 제의가 가장 많이 들 어온다고 하고 있었다. 아무래도 「내가 생존왕」에서 한수가 쌓은 이미지가 그만큼 강렬했던 모양이었다.

"승준이는? 고 감독님한테 연락은 왔어?"

"아직이요. 아무래도 떨어진 모양이에요."

승준의 얼굴은 고된 촬영이 끝났는데도 불구하고 침울해 보였다.

오디션 결과가 여전히 나오지 않아서인 듯했다. 그것도 잠시 승준이 쾌활하게 웃으며 말했다.

"괜찮아요! 정 안 되면 다른 영화 오디션 또 보면 돼요. 괜히 저 때문에 분위기만 다운됐네요. 자자, 다들 마셔요. 내일 귀국이잖아요."

애써 밝게 웃는 승준을 보며 한수도 말없이 술잔을 들이켰다. 그래도 이왕이면 주변 사람들이 다 잘 됐으면 하는 바람이었다.

시끌벅적한 저녁 식사 이후 귀국 날이 밝아왔다. 그리고 귀국 전 황 피디와 유 피디, 3팀장이 한수를 찾아왔다.

갑작스럽게 찾아온 그들을 보며 한수가 의아한 얼굴로 물었다.

"무슨 일 있어요?"

"한수 씨, 이따 귀국할 때 너무 놀라지 마요."

"예? 갑자기 그게 뭔 말이에요?"

"들리는 말로는 기자들이 공항에서 지금 죽치고 기다리고 있대요. 그래서 말인데 아무래도 기자회견을 한번 해야 할 거 같아요."

"출연자들 전부 다 하는 거죠?"

유 피디가 고개를 끄덕였다.

"그럼요. 이왕 모인 거 인터뷰 한번 하고 가는 게 좋을 듯해서요. 괜찮으시죠?"

"예, 문제 되는 건 없어요. 그거 때문에 오신 거예요?"

"하하. 한수 씨, 각오하고 가셔야 할 겁니다."

한수는 그 말에 머리를 긁적였다. 자신이 출연한 예능 프로그램이 연달아 히트를 치면서 인지도가 부쩍 늘었다는 이야기는 들었다.

실제로 그에 맞춰 명성도 꾸준히 누적되고 있었다. 그렇다고 해서 팬이라는 게 쉽게 생기는 게 아니었다.

그래서일까? 한수는 큰 기대는 하지 않고 있었다.

그것도 잠시.

비행기를 타고 인천 국제공항으로 귀국한 다음 입국장으로 들어설 때 한수는 공항에 쫙 깔린 인파를 보고 혀를 내둘렀다.

승준도 눈을 끔뻑였다.

"와, 이게 무슨 소란이래."

그야말로 인산인해(人山人海)라는 말이 딱 생각날 정도로 엄청나게 많은 사람이 공항 주변을 가득 메우고 있었다. 개중 절반은 기자였고 절반은 팬들이었다.

"강한수 씨! 여기요!"

"서현 씨 이쪽 좀 봐주세요!"

카메라 플래시가 터져 나왔다. 엄청난 밝기에 눈살이 찌푸려질 정도였다. 승준도 이런 환대에 좀처럼 적응이 안 되는 듯 눈살을 찌푸렸다.

"한수 씨, 이쪽으로 가요."

"기자회견장은 이쪽이에요. 다들 이쪽으로 오세요."

그렇게 수많은 기자에 둘러싸인 채 「무엇이든 만들어드려요」 출연자들은 인천 국제공항에 마련되어 있는 기자회견장으로 향했다.

발걸음을 뗄 때마다 주변에 몰려 있던 팬들이 아우성치는 소리가 들렸다.

"서현아! 사랑한다!"

"서현아, 오빠하고 결혼하자!"

"김서현!"

굵직한 목소리가 많았다. 개중 대다수는 김서현의 팬이었다.

그때 날카롭고 뾰족한 소리가 들렸다.

"한수 오빠!"

"오빠! 여기 좀 봐주세요!"

"오빠, 사랑해요!"

한수는 그 외침에 순간 얼굴을 붉혔다. 그걸 본 김서현이 쿠쿡 웃으며 말했다.

"왜 그렇게 놀래? 팬들 처음 봐?"

"이렇게까지 적극적인 팬은 또 처음이라. 당황스럽네."

"앞으로 이런 일 자주 있게 될걸? 긴장 풀어."

"그래야지. 하하."

한수는 기자회견장으로 향하며 입국장 주변을 둘러봤다.

피켓을 들고 있는 수많은 팬이 보였다.

처음에는 경황이 없다 보니 서현의 팬들이 들고 있는 피켓만 보였었다.

그러나 시간이 지나고 이 수많은 플래쉬들에 익숙해지기 시작하자 자신의 이름이 적힌 피켓을 들고 있는 엄청 많은 수의 팬을 볼 수 있었다.

어떻게 이 많은 피켓을 놓쳤나 하는 생각이 들 정도로 자신을 연호하는 팬의 수도 적지 않았다.

왜 어젯밤 황 피디와 유 피디, 3팀장이 찾아와서 자신에게 신신당부했는지 이제야 알 것 같았다.

그러나 여전히 얼떨떨한 게 사실이었다. 이 정도로 자신의 인기가 많아졌나 싶은 생각이 들었다.

하지만 기자회견장에 도착한 뒤 한수는 새삼 자신의 인기가 거품이 아닌 걸 깨달을 수 있었다.

기자들의 질문은 바로 자신에게 집중되어 있었다.

"강한수 씨! 황금사단의 뮤즈가 강한수 씨라는 말이 많은데요. 어떻게 생각하시죠?"

"한수 씨! 「내가 생존왕」을 촬영할 때 힘든 점은 없었나요?"

"「무엇이든 만들어드려요」를 찍을 때 논란이 있었는데요. 그 논란에 대해서는 어떻게 생각하시나요?"

"페이스북이나 스냅챗 같은 SNS에서 한수 씨가 롬복에서 연 식당이 엄청 화제인데요. 알고 계신가요?"

"또 한 번 식당을 열어볼 생각은 있으신가요? 황금사단에서는 시즌2도 검토하고 있다던데요?"

"몇몇 쉐프가 한수 씨를 만나보고 싶다는데 만날 의향은 있으신가요?"

"권지연 씨하고 콜라보레이션을 준비 중이라고 들었는데 어떤 앨범인가요?"

"요즘 예능에서 떠오르는 대세 스타라는 말이 있는데요. 들어보셨나요?"

계속해서 쏟아지는 기자들 질문에 황 피디가 나서서 그 질문을 막았다.

"죄송합니다. 이번 기자회견은 「무엇이든 만들어드려요」 관련 질문만 받겠습니다. 그 외 질문은 따로 자리를 마련해서 인터뷰하시길 바랍니다."

황 피디가 중재에 나선 뒤에야 질문 공세가 줄어들었지만, 여전히 관심은 뜨거웠다. 한수가 출연한 프로그램마다 대박 아닌 게 없었다.

「숨은 가수 찾기」, 「자급자족 in 정글」, 「하루 세끼」, 「스타 플러스 라디오」, 「내가 생존왕」까지.

이번 「무엇이든 만들어드려요」에서도 대박을 터뜨릴 수 있을지 기자들 사이에서도 갑론을박이 계속 이어지고 있었다.

더군다나 이번 「무엇이든 만들어드려요」는 황금사단이 연출을 맡았지만 메인 연출을 맡은 건 황 피디가 아니라 유 피디였기 때문이다.

게다가 김서현 빼면 특출한 스타도 없었다. 하지만 김서현도 톱스타급은 아니었기 때문에 사실상 이번 프로그램은 강한수를 메인으로 내세운 것이었다.

무모한 도전이나 다름없었다. 하지만 여기서 만약에 이번 프로그램까지 성공한다면? 그렇게만 된다면 다들 인정할 수밖에 없게 될 터였다.

강한수에게 대중들의 호감을 사는 특별한 힘이 있다는 것을.

장시간에 걸친 기자회견이 끝난 뒤에야 출연자들은 인천 국제공항에서 뿔뿔이 헤어질 수 있었다.

한수도 로드 매니저가 끌고 온 밴을 타고 인천 국제공항을 벗어났다. 한수 옆자리에 앉아 있던 3팀장이 한수를 보며 물었다.

"어때? 인기가 좀 실감 나냐?"

"글쎄요, 아직은 잘 모르겠어요."

"그럴 수도 있지, 뭐 지금 당장은 실감 안 날 수도 있긴 해. 그러나 텔레비전에 나오는 네 얼굴을 광고로 보게 되면 본격적으로 실감이 들 거야. 일단 회사부터 가자."

"예."

한수는 여전히 얼떨떨한 얼굴로 밴을 타고 회사로 향했다. 그러면서 그는 스마트폰을 확인했다.

틈틈이 한국대학교 동기들이나 고등학교 동창들에게 연락이 오고 있긴 했지만, 이번만큼은 반응이 남달랐다.

귀국한 걸 알고 꼭 시간을 내서 한번 보자는 이야기가 적지 않았다. 개중에는 고등학교 동창회도 있었고 심지어는 초등학교 동창회도 있었다.

한수는 그것을 보며 코웃음을 칠 수밖에 없었다. 원래 인간

관계가 좁은 편은 아니었지만 그렇다고 해서 인사이더까지는 아니었다.

그냥 적당히 거리를 유지한 채 친한 친구 몇 명하고만 꾸준히 연락을 주고받고 있었다. 그렇다 보니 요즘 자주 텔레비전에 나온다고 얼굴은 가물가물한데 이름만 기억나는 초등학교 동창까지 연락해 올 줄은 몰랐다.

실제로 몇 차례 영상통화도 걸려온 적이 있었다. 개중 어떤 녀석은 「무엇이든 만들어드려요」 촬영 도중에 강한수가 자신의 친구라고 했는데 소개팅으로 만난 여자애가 믿지 않는다고 영상통화를 걸어오기까지 했다.

쌍욕을 하고 싶었지만 차마 그러진 못하고 그냥 차단을 해 버렸는데 촬영이 끝나고 전화를 걸어온 친구가 한 말에 따르면 자신의 뒷담화를 하고 있다는 거였다.

그런 이야기를 들으며 한수는 연예인이라는 것도 보통 일은 아니라는 걸 깨달을 수 있었다.

그러나 또 한편으로는 이곳까지 찾아와서 자신을 기다리고 피켓을 든 채 응원하는 팬들을 보며 한수는 입가에 미소를 그렸다.

그래, 까짓것 악플 달고 뒷담화하는 놈들이 있다고 해봤자 한두 명이었다.

그러나 그 너머에는 자신을 응원하고 격려하는 팬이 훨씬 더 많았다.

그것만으로도 한수는 연예인이 되었다는 걸 후회하지 않을 수 있을 것 같았다.

구름나무 엔터테인먼트에 도착한 한수는 오랜만에 반가운 얼굴을 볼 수 있었다.

"여어~ 거기서도 난리였다며? 너는 어떻게 가는 곳마다 화제냐."

"형, 잘 지내셨죠? 오랜만이에요."

윤환이 싱글벙글 웃으며 손을 흔들었다.

그러자 한수 옆에 서 있던 3팀장이 눈매를 좁혔다.

"야! 윤환. 너는 내 얼굴은 안 보이냐?"

"어? 누구세요?"

"뭐, 인마?"

"한수한테 푹 빠져서 저는 요새 신경도 안 쓰시던데. 너무하신 거 아니에요?"

삐딱하게 묻는 윤환을 보며 3팀장이 한숨을 내쉬었다.

"너는 무슨 초딩도 아니고. 설마 질투하는 거야?"

"내가 애야? 됐고 회의실에나 빨리 가 봐. 가뜩이나 비좁던 회의실이 가득 찼더라고."

윤환이 툴툴거리며 3팀장에게 말했다.

그러고는 한수를 향해 말을 이었다.

"너는 회의 끝나면 연락 좀 줘. 할 말도 있고 또 회포도 풀고. 알지?"

"예, 형."

한수는 흔쾌히 고개를 끄덕였다.

권지연과 앨범 작업도 해야 하는 만큼 윤환에게 도움을 받을 일도 있을 터였다. 그렇게 윤환을 뒤로 한 채 두 사람은 회의실로 들어갔다.

윤환 말대로 비좁은 회의실 안을 사람들이 가득 메우고 있었다.

상석에는 이형석 대표가 앉아 있었고 바로 옆에 본부장과 1팀장이, 그 외에 2팀장과 홍보팀장이 보였다.

사실상 구름나무 엔터테인먼트의 중역이 한자리에 모두 모여 있는 셈이었다.

3팀장이 쭈뼛거리며 자리에 앉았고 한수도 그 옆에 자리했다. 이형석 대표가 두 사람을 보며 부드러운 목소리로 말했다.

"박 팀장, 고생 많았어. 한수 씨도 고생 많았어요. 힘든 일은 없었죠?"

"예, 그럼요."

그러면서 한수는 테이블 위를 훑었다. 테이블 위에는 서류철 수십 개가 깔려 있었다. 그 시선을 느낀 이형석 대표가 입가에 미소를 그렸다.

"한수 씨가 생각하는 게 맞아요. 이거 다 기획안들이에요. 개중에는 영화나 드라마 대본도 있고요."

한수가 그 말에 눈을 휘둥그레 떴다.

설마하니 영화나 드라마 대본까지 들어왔을 줄은 생각지도 못한 일이었다. 이형석 대표가 싱긋 웃었다.

"하하, 놀랐어요? 요새 한수 씨가 워낙 이슈몰이가 되다 보니까 그냥 찔러본 거예요. 뭐 한수 씨뿐만 아니라 함께 출연 중인 사람들도 요새 다 잘 나가고 있긴 하죠."

한수가 고개를 끄덕였다. 오늘 귀국한 뒤 얼마 지나지 않아 기사가 떴다. 승준이 고봉식 감독의 신작 영화에 정식으로 캐스팅되었다는 기사였다.

회사로 돌아오며 전화를 해봤는데 얼마나 좋아죽겠으면 목소리에서 전에 없던 활기가 가득 느껴질 정도였다.

"일단 한수 씨 연기는…… 음, 좀 아쉽다 보니 이건 미뤄두기로 했어요. 연기라는 게 재능이 정말 중요하긴 하지만 노력하다 보면 늘 수도 있는 거니까요."

실제로 톱스타 김지희 같은 경우 발연기로 무진장 욕을 많이 먹었지만, 최근에는 부쩍 물오른 연기력으로 호평을 받고 있다.

그게 가능할지 불가능할지는 알 수 없지만, 한수에게도 충분히 일어날 수 있는 일이었다.

물론 한수에게는 그런 불확실한 방법 말고 더 유효한 방법이 있긴 했다.

하지만 지금 당장은 불가능했다. 더 많은 채널 확보권이 필요했다. 그때 이형석 대표가 서류철 몇 개를 한수에게 내밀었다.

"그건 예능 프로그램 기획안이에요. 국내 예능 프로그램 중 대부분은 다 들어 있다고 보면 될 거예요. 게스트로 나오는 단발성 출연도 있고 고정 출연 제안도 있어요. 한번 집에 가서 검토해 봐요."

"예, 알겠습니다."

"뭐, 지금 당장 중요한 건 아니고. 중요한 건 이거죠."

이형석 대표가 계약서 하나를 내밀었다.

구름나무 엔터테인먼트가 엘레인 엔터테인먼트와 조율한 끝에 만들어낸 계약서였다.

그것을 내밀며 이형석 대표는 고개를 절레절레 저었다.

"엘레인 엔터테인먼트에서 그렇게 많이 양보하리라고는 솔직히 생각지도 못했어요. 권지연 씨는 여성 솔로로서는 독보적인 데 비해 한수 씨는 아직 인지도가 부족한 편이니까요. 그만큼 권지연 씨가 한수 씨한테 기대하는 게 많다는 의미겠지만요."

한수는 이형석 대표가 하는 말을 들으며 계약서를 확인했다. 굵직굵직한 계약 조건은 지난번 권지연과 협의한 내용 그대로였다.

수익 비율은 6 대 4.

음반, 음원 수입 모두 다 그렇게 나누기로 되어 있었다. 앨범 제목은 아직 정해지지 않았지만, 가수는 권지연&강한수로 확정이 된 상태였다.

아무래도 당분간은 앨범 준비 때문에 여러모로 바쁠 것 같았다. 그때 잠자코 이야기를 듣고 있던 2팀장이 불쑥 입을 열었다.

"대표님, 환이도 그렇고 강한수 씨도 그렇고 그쪽은 제가 더 잘 아는 만큼 제가 맡아보고 싶습니다."

3팀장이 눈살을 찌푸렸다. 지난번에도 그러더니 또 이야기를 꺼낸 것이다. 이형석 대표가 눈매를 좁혔다.

"아니, 또 그렇게 나오실 겁……."

"잠깐만."

이형석 대표가 3팀장 말을 가로막았다. 그리고 그가 한수를 보며 물었다.

"한수 씨 생각은 어때요?"

"글쎄요."

한수가 말끝을 흐렸다. 3팀장은 나쁘지 않은 매니저다.

의욕도 넘치고 자기 사람을 아낄 줄 안다. 그러다 보니 지금 이 자리까지 올라올 수 있었다. 그러나 한편으로는 너무 지나친 의욕 때문에 때로는 자신의 의도와는 상관없이 일을 벌일 때도 있다.

지난번에도 한 번 그런 일이 있었다. 그것 때문에 「쉐프의 비법」에 나가서 요리를 만들어야 했다.

결과론적으로 보면 도움이 되긴 했지만, 어찌 됐든 자신과 의논을 한 뒤 최종적으로 결정을 해야 하는 일이었다.

이번에도 비슷한 일이 있었다. 그 점은 바로 짚고 넘어가야 했다. 3팀장에게도 경각심을 부여할 필요는 있었다.

고삐가 풀린 망아지는 언젠가 꼭 사고를 치게 마련이니까.

2팀장과 3팀장이 각기 다른 시선으로 자신을 바라보는 게 느껴졌다. 2팀장은 기대에 찬 눈빛으로, 반면에 3팀장은 불안하고 초조한 눈빛이었다.

"당분간 팀을 바꿀 생각은 없습니다."

"한수 씨, 그러지 말고 잘 생각해 보세요. 앨범 기획하고 준비하고 이것저것 하려면 저하고 함께 작업하는 게 더 도움이 될 겁니다."

"3팀장님이 꽤 많이 사고를 치긴 했지만 그렇다고 조강지

처를 내버릴 수는 없죠. 그동안 저를 위해서 적잖게 고생하신 것도 있는데요. 마음만 고맙게 받겠습니다."

3팀장은 한수 말에 금세 울음이라도 터뜨릴 것처럼 눈시울이 붉어져 있었다.

한수가 그런 3팀장을 보며 머쓱하게 웃었다. 설마 이렇게까지 감동을 받을 줄은 생각지도 못한 일이었다.

그가 한마디 덧붙였다.

"대신 3팀장님은 앞으로 무슨 일이 있으면 무조건 저와 의논한 다음 진행해 주세요. 저 모르게 몰래카메라처럼 진행되는 건 질색이니까요."

주도권을 빼앗기는 건 더 이상 원치 않는 일이었다.

한수가 대학교를 휴학하면서까지 이 바닥에 뛰어든 건 자신이 즐거워하는 일을 하고 싶어서였다. 누군가 억지로 시키는 일을 하고 싶은 생각은 없었다.

결국, 팀을 바꾸는 문제는 없던 일이 되었다. 그 이후 몇 차례 논의가 더 오고 갔다.

앨범 다음으로는 황금사단에서 섭외가 온 부분에 대한 논의가 오갔다. 한수는 이형석 대표 말에 생각에 잠겼다.

황금사단은 국내 최고의 예능 사단 가운데 하나다. 작가들도 빵빵하고 능력도 있다. 무엇보다 그들은 지금 TBC의 중심을 이끌고 있는 중이다.

그렇지만 어느 한 곳과 유독 가깝게 어울리다 보면 다양성을 잃기 쉽다. 이형석 대표도 그 점을 우려하고 있었다.

강한수는 TBC 그리고 황금사단 이외의 다른 곳하고는 작업을 안 하는 게 아닌가 하는 의문부호가 붙고 있다고 했다.

이 부분은 조금 고민해 볼 문제였다. 그때 본부장이 입을 열었다.

"대표님, 이것도 말씀하셔야죠."

"아, 맞아. 마침 그것 때문에 골치가 아팠는데 두 군데에서 섭외가 왔어요. 아까 집에 가서 검토해 보라는 것과 별개로 이건 신중하게 고민해 줬으면 해서 지금 말하는 거예요. 일단 저는 둘 다 괜찮다고 생각 중이에요. 한수 씨가 마음에 든다면 둘 다 해봐도 나쁘지 않을 거 같고요."

"어떤 프로그램이죠?"

한수가 이형석 대표를 보며 물었다. 자신의 색깔을 살릴 수 있는 프로그램이라면 출연할 의사가 있었다.

"일단 하나는 「마스크싱어」에요. 한수 씨도 알지만 「마스크싱어」는 꽤 예전부터 한수 씨를 섭외하고 싶어 했어요. 「숨은 가수 찾기」 때문에 그런 것일 수도 있고요."

"예, 다른 하나는요?"

이형석 대표가 웃으며 말했다.

"요즘 황금사단 못지않게 가장 끈질긴 곳이에요. 양 피디도 한수 씨를 엄청 탐내고 있어요."

"양 피디…… 「쉐프의 비법」 말인가요?"

"맞아요. 김경준 쉐프님이 한동안 방송을 쉴 거라고 하더라고요. 그러면서 색다른 얼굴을 선보이고 싶은데 지금 딱 떠오르는 사람이 한수 씨뿐이라고 하더군요."

"지금 당장 결정하지 않아도 되는 거죠?"

이형석 대표가 고개를 끄덕였다.

그는 자유 방임 주의론자였다. 소속사 연예인들한테 하기 싫은 일을 억지로 시킬 생각은 전혀 없었다.

그가 생각하는 소속사는 소속되어 있는 연예인에게 가장 어울리는 자리를 마련해 주되 그 선택은 연예인한테 맡기는 것이었다.

애초에 이형석 대표는 아티스트 출신이었고 그렇다 보니 그 역시 누군가에 의해 강압적으로 일을 하는 건 썩 선호하지 않았다.

"아, 그리고 또 남았어요."

"어떤 건가요?"

"광고 촬영 건이에요. 그런데……."

이형석 대표가 말끝을 흐렸다. 한수가 의아한 얼굴로 그를 바라봤다. 그 모습에 이형석 대표가 환하게 웃어 보이며 말했다.

"지난번과 달리 이번에는 개수가 꽤 많아요."

옆에 있던 본부장이 웃으며 말을 덧붙였다.

"몸값도 비싸졌다는 이야기는 왜 안 하시는 겁니까? 허허."

그랬다. 몇몇 계약서를 본 한수는 눈을 휘둥그레 떴다.

"이거 진짜예요?"

그럴 수밖에 없었다.

지난번 EBS 수험서 광고 건에 비해 몸값이 배 이상 폭증해 있었다.

한수는 두툼한 서류 봉투를 챙겼다.

그 안에는 예능 프로그램 기획안과 광고 콘티 및 계약서 초안 등이 담겨 있었다.

이형석 대표는 조금 더 고민해 본 뒤 최종적으로 결정이 나면 그때 연락을 달라고 했다.

한수는 흔쾌히 고개를 끄덕였다. 그 밖에 한수는 회의실에서 촬영 때문에 외국에 나가 있는 동안 국내에서 있었던 일들에 대해 비교적 상세하게 들을 수 있었다.

제일 먼저 그들이 화두에 올린 건 「내가 생존왕」이었다.

오랜만에 마의 벽으로 느껴지던 30%의 벽을 넘겼다. 그랬기에 IBC에서도 계속 그와 관련해서 협의를 벌이고 있다고 했다. 하지만 이형석 대표는 「내가 생존왕」이 정규 편성되긴 어려울 것이라고 귀띔했다.

IBC에서는 충분한 자금력이 있고 또 시청률도 잘 나오는 만큼 봄 편성에 맞춰 정규 편성을 하고 싶어 하지만 베어 그릴스 측에서 한 번의 경험이면 족하다고 거절했다는 것이었다.

게다가 베어 그릴스는 가족들과 더 많은 시간을 보내고 싶다는데 본인이 싫다는데 억만금을 줘도 소용없는 일이었다.

그밖에 엘레인 엔터테인먼트에서 연락이 왔는데 최대한 이른 시일 안에 앨범 작업에 들어갔으면 좋겠다는 말이 있었다고 했다.

늦어도 내일모레까지 엘레인 엔터테인먼트를 찾아가던가 아니면 권지연의 작업실을 방문해야 할 것 같았다.

몇 가지 당부 사항을 더 들은 뒤 한수는 회의실을 나왔다. 3팀장은 여전히 회의실에 남아 있었다. 그리고 그는 회의실 앞을 서성거리는 윤환을 만날 수 있었다.

"형, 급한 일이에요? 왜 여기 계세요?"

"너 기다렸어."

"저를요? 왜요?"

"석준 형이 또 사고 쳤다며? 사실이야?"

"아, 그게……."

한수가 간단히 무슨 일이 있었는지 이야기했다. 윤환이 혀를 찼다. 한수 이야기를 들어보니 자신의 지분도 적지 않게 있었다. 어쨌거나 그의 말을 전달한 건 바로 자신이었으니까.

"미안하다. 괜히 나 때문에 니가 번거롭게 됐네."

"그건 아니에요. 저도 권지연 씨 덕분에 제 가치가 어느 정도인지 깨달을 수 있었거든요."

"네 가치?"

"예, 그건 그렇고 무슨 일 있어요?"

"아, 그게 석준 형 일로 물어볼 게 있었는데 그런 일일 줄은 몰랐어."

"왜요?"

"석준 형, 징계받는다고 들었거든."

한수가 눈을 휘둥그레 떴다. 그건 한수도 처음 듣는 이야기였다.

"무슨 징계요?"

"너도 대표님 성격 알 텐데? 아티스트가 원치 않은 일인데 무리해서 진행하는 거 딱 질색하시잖아."

한수가 고개를 끄덕였다.

"예, 그건 그렇죠."

"그래서 지난번 너 그「쉐프의 비법」촬영 때 있었던 일로 한 차례 구두 경고 하셨거든. 그런데 이번에 또 이런 일이 터졌으니 가만히 두고 볼 수는 없다고 생각하신 거겠지."

한수는 그 말에 3팀장이 걱정되기도 했지만, 한편으로는 회사에서 옳은 판단을 내렸다는 생각이 들었다.

어느 순간 팀장이 소속팀 연예인의 생각을 무시하고 제멋대로 일거리를 잡아 오고 그것을 강요하게 되는 순간 그 소속사 연예인의 가치관 및 생각, 주관 등은 깔아뭉개지기 때문이다.

그런 점에서 이형석 대표가 적절하게 3팀장을 징계내린 것이라고 볼 수 있었다.

"설마 해고당하진 않겠죠?"

"에이, 그럴 리가 있겠냐. 감봉 정도? 아니면 근신 처분? 그 정도겠지?"

"그 정도로 그쳤으면 좋겠네요. 어쨌거나 절 위해 그런 일을 벌인 거니까요. 그렇다고 해도 말도 없이 진행한 건 문제였지만요."

"그래, 결과가 좋다고 과정을 덮으면 안 되는 거야. 때로는 그 과정이 결과보다 더 중요할 때도 있는 법이거든. 그건 그렇고 지연이하고 콜라보레이션은 하기로 했다며?"

"예. 그렇게 됐어요. 어떻게 아셨어요?"

"어떻게 알긴. 귀국하자마자 바로 전화 왔던데? 오빠가 추천해 준 그 강한수라는 사람, 노래 듣자마자 되게 놀랐다고. 길 가다가 황금을 주운 기분이라나?"

"그래요?"

국내 최고의 여성 솔로 가수가 자신을 칭찬했다는 말에 한수가 입가를 씰룩거렸다.

"그래서 또 뭐랬는데요?"

"어, 말하려 했는데 말 안 하려고."

"왜요!"

"네가 좋아하니까 그냥 마음이 안 내키네?"

언제 봐도 제멋대로다. 그래서 더 매력 있게 느껴지는 것이기도 하지만.

한수가 고개를 돌렸다.

"마음대로 하세요. 그럼 저 먼저 가볼게요."

"뭐? 회포 풀기로 했잖아."

"그건 이따 저녁에 풀기로 하고요. 일단 저 부모님한테 인사부터 드려야죠. 너무하시는 거 아니에요?"

"아……."

일주일 만에 돌아왔다. 부모님이 언제 집에 올지 목을 빼놓고 기다리고 있을 게 분명했다. 그런데 회포를 푼다고 바로 술자리로 갈 수는 없는 노릇이었다.

머뭇거리던 윤환이 아무 말도 하지 못했다. 부모님을 보러

간다는데 거기서 붙잡아봤자 자신만 나쁜 선배가 된다.

"그래, 이따 연락하마."

"생각해 볼게요."

"뭐?"

"먼저 치사하게 군 건 형이잖아요."

한수는 그 길로 로드 매니저의 차를 얻어 타고 집으로 돌아왔다. 일주일 만에 만난 부모님이 제일 먼저 물어본 건 밥은 제때 챙겨 먹었냐는 질문이었다.

언제 어느 때든 이 질문은 항상 똑같았다. 아마 세상 모든 부모님의 마음은 다 똑같을 것이다.

자식이 어디 있든지 밥은 굶지 않고 다니지 않길 바라기 때문이다.

그 이후 촬영과 관련해서 이야기가 오갔고 한수는 롬복에서 있었던 소소한 일부터 또 특별했던 경험까지 미주알고주알 늘어놓았다.

그러나 아직 방송을 타기까지는 거의 한 달 넘는 시간이 남아 있었다. 그동안 「무엇이든 만들어드려요」 제작진들이 혼신의 힘을 기울여 편집에 들어갈 게 분명했다.

한편 부모님은 한수가 없는 동안 있었던 일들을 이야기했다. 친척들이 몇 차례 사인 요구를 하기도 했고 한수에게 선물세트가 들어오기도 했다.

선물세트를 보낸 곳은 구름나무 엔터테인먼트와 IBC 예능국 「자급자족 in 정글」 제작진, TBC 「하루 세끼」 제작진. 그 밖에 여러 곳이었다.

한편 오늘은 때마침 「하루 세끼」가 하는 날이었다. 한수는 오랜만에 집에 있는 재료로 솜씨를 부리기 시작했다. 부모님이 평소 좋아하는 음식들 위주로 요리를 했고 한수는 오랜만에 두 분과 오붓하게 저녁 식사를 할 수 있었다.

할아버지 이야기도 나왔는데 집에 텔레비전을 두지 않고 있던 할아버지가 손자가 요새 텔레비전에 자주 나온다는 이야기에 큰마음을 먹고 텔레비전을 새로 샀다고 했다.

공 숙수님이 할아버지한테 바람을 불어넣은 모양이었다.

그렇게 「하루 세끼」를 보며 저녁을 먹고 나서 담소를 나누고 있을 무렵 윤환에게서 연락이 왔다. 근처 호프집에서 기다리고 있으니 가볍게 술이라도 한잔 마시자는 것이었다.

한수는 부모님께 간단하게 사정을 이야기한 다음 호프집으로 나왔다.

윤환 말고 3팀장도 호프집에 있었다. 한수가 들어오자 윤환이 손을 번쩍 흔들어 보였다. 일순간 손님들의 시선이 한수에게 꽂혔다.

조용하던 호프집이 어수선해졌다. 다들 속닥거리기 시작했다. 그들 모두 한수를 알아본 게 틀림없었다. 한수는 그들의 시선을 느끼며 윤환이 앉아 있는 테이블에 합류했다.

그리고 슬쩍 3팀장 얼굴을 확인했다. 생각 외로 그의 표정은 밝았다. 한수가 3팀장을 보며 물었다.

"징계받으셨다면서요? 어떻게 됐어요?"

"감봉 3개월이래. 요새 대표님이 돈이 궁하다고 하시더니 진짠가 봐."

낄낄거리며 웃는 3팀장 모습에 한수도 웃음을 흘렸다. 징계를 당했는데도 그는 여전히 유쾌했다. 그가 술잔을 내밀며 말했다.

"그와 별개로 대표님한테도 호되게 혼났어. 나 스스로도 많이 반성했고. 미안하다, 한수야. 앞으로는 그런 일 없도록 하마."

"예, 팀장님이 일부러 그런 건 아니잖아요."

한수가 술잔을 마주 부딪쳤다. 그럴 때 조용히 술을 마시던 윤환이 한수를 보며 말했다.

"오늘 이렇게 모이자고 한 건 우리 3팀 회식 겸이야. 겸사 겸사 너한테 조언해 줄 것도 있고."

"조언이요?"

"내일이나 내일모레 엘레인 엔터테인먼트 간다며?"

"예, 그래야죠."

"그럼 처음부터 그놈들 반쯤 죽여 놓고 시작해."

"예? 그게 뭔 말이에요?"

한수는 뜬금없는 윤환 말에 고개를 갸웃거렸다. 그러자 윤환이 한수를 빤히 보며 말했다.

"후, 엘레인 엔터테인먼트는 우리하고 달라. 지금 잔뜩 독이 올랐을 거야. 걔네들한테 지연이는 그런 존재야. 건드릴 수 없는 성역이랄까. 그런데 네가 그렇게 딜을 걸었으니까 걔네들은 사소한 실수 하나라도 잡아내면 그대로 달려들게 뻔해. 어떤 식으로든 꼬투리를 잡으려 들 테고. 무슨 뜻인지 알겠어?"

"텃세를 부리려고 한다는 거네요."

"그래, 엘레인에는 가수가 없겠냐? 거기 소속된 가수만 해도 수십 명이야. 대중에게 인정받진 못해도 아티스트로 인정받는 애도 꽤 있고. 네가 차지한 자리가 바로 그런 자리라는 거야."

엘레인 엔터테인먼트도 외부 인사에게 자리 하나를 내주고 싶진 않아 할 것이다.

팔은 안으로 굽는다고 이왕이면 같은 소속사 식구한테 한 자리라도 더 챙겨주고 싶었을 것이다.

그러나 피처링도 아니고 이름을 함께 내거는 콜라보레이션 앨범이 되어버렸다.

그런 만큼 이제부터는 한수가 권지연에 버금가는 노래 실력을 보여줘야 하는 상황으로 바뀌어버린 셈이다.

"지연이가 앞장서서 그럴 애는 아니야. 걔가 원래 그럴 성격도 아니고. 하지만 음악적인 고집은 심각할 정도로 세. 그러니까 엘레인에서도 지연이를 설득 못 한 거고. 결국, 이제부터 한수, 네가 해야 하는 건 하나야."

"제 목소리로 그 사람들을 설득해야 하는 거겠네요."

"아니지, 설득은 개뿔. 그냥 박살 내버리라니까? 그럼 누가 감히 너한테 뭐라 하겠어? 급이 아예 다른데? 지연이를 뿅 가게 만든 목소리로 그 사람들을 다 찍어 눌러버려. 아예 압도적으로 짓밟아버리라는 거야. 감히 깨갱거리지도 못하게끔."

술에 취해서일까? 윤환의 말투는 평소보다 더 과격했다. 그러나 한마디, 한마디 자신을 세세하게 챙기고 있었다.

"더군다나 너는 애초에 가수로 이 바닥에 들어온 게 아니었잖아. 그걸로 텃세 부리는 놈들이 한둘이 아닐 거야. 모창 가수는 진짜 가수로 인정할 수 없다는 게 그놈들 마인드거든."

"고마워요, 형. 제대로 짓밟아버릴게요."

"아, 아까 말마저 안 했던 거. 지금 마저 해주마."

"예? 아, 지연 씨 이야기요?"

"어, 나한테 딱 한마디 덧붙이더라. 누군가의 노래를 듣고 울어버렸던 건 정말 오랜만이라고. 네 노래가 그런 노래야. 이제 힘 좀 나냐?"

한수가 그 말에 미소를 지었다.

"걱정 마세요. 제대로 밟아버리고 올 테니까요."

다음 날 한수는 일찍 3팀장과 함께 엘레인 엔터테인먼트로 향했다.

강남구 테헤란로에 위치해 있는 엘레인 엔터테인먼트 사옥에 도착한 뒤 지하주차장에 밴을 주차하고 두 사람은 곧장 엘리베이터에 올라탔다.

그들이 내린 곳은 지하 1층에 위치해 있는 녹음실이었다. 녹음실로 가는 동안 주변은 아침치고는 상당히 시끌벅적했다.

이유를 확인해 보니 녹음실 옆 안무연습실에서 엘레인 엔터테인먼트 소속 가수들이 아침부터 연습삼매경 중이었고 녹음실 주변에도 적잖은 사람들이 몰려 있었다.

그들 대부분이 엘레인 엔터테인먼트에 소속되어 있는 아티스트들이었다.

오늘 아침 권지연과 콜라보레이션을 하기로 했다는 한수가 온다는 말에 다들 이곳으로 몰려든 것이었다.

한수가 들어오자 그들의 시선이 일제히 한수에게 꽂혔다.

과연 그가 어떤 노래를 부를지 기대 반 불만 반의 눈빛으로 쳐다보고 있었다.

그때 녹음실에 앉아 있던 지연이 한수를 반겼다.

"어서 오세요. 주변에 있는 사람들은 신경 쓰지 마요. 다들 한수 씨 노래 좀 듣고 싶다고 해서 모인 거예요. 우리 회사 사람들도 되게 궁금해하고 있어요."

실제로 아티스트들 사이에는 회사 사람으로 추측되는 사람들도 몇몇 섞여 있었다. 지연이 장난스러운 얼굴로 한수를 보며 물었다.

"준비는 잘 해왔어요?"

이곳에 오기 전 지연은 앨범에 수록될 노래 두 곡을 미리 보내왔다. 한 곡은 신스팝이었고 다른 한 곡은 발라드였다.

"뭐부터 먼저 할까요?"

"발라드부터 불러보죠."

한수는 거침없이 녹음실 안으로 들어갔다. 그리고 헤드셋을 낀 채 준비를 시작했다. 권지연은 묘한 눈길로 그런 한수를 쳐다봤다. 그것도 잠시 그가 노래를 부르고 난 뒤, 회사 사람들이 지을 표정이 어떨지 벌써부터 기대가 됐다.

강한수와 콜라보레이션을 하겠다는 말에 회사 사람 몇몇이 격렬하게 반대했었기 때문이다.

"형편없을 거야. 지연이가 너무 급해서 대충 고른 게 분명해."

"비가수가 얼마나 부르겠어. 기껏해야 어쭙잖은 모창이 겠지."

엘레인 엔터테인먼트 관계자 몇몇이 수군거렸다. 그렇게 많은 사람이 지켜보는 가운데 노래가 시작됐다.

to be continued